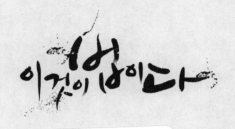

KB121165

이것이 법이다 166

2023년 8월 16일 초판 1쇄 인쇄
2023년 8월 21일 초판 1쇄 발행

지은이 자카예프
발행인 강준규

기획 이기헌 왕소현 임동관 박경무 강민구 조익현
책임편집 최전경
마케팅지원 이원선

발행처 (주)로크미디어
출판등록 2003년 3월 24일
주소 서울시 마포구 마포대로 45 일진빌딩 6층
Tel (02)3273-5135 **Fax** (02)3273-5134
홈페이지 rokmedia.com **E-mail** rokmedia@empas.com

ⓒ 자카예프, 2015

값 9,000원

ISBN 979-11-408-1342-1 (166권)
ISBN 979-11-255-9575-5 04810 (세트)

이것이 법이다

166

자카예프 장편소설

ROK
MEDIA
로크미디어

CONTENTS

죽은 자를 대신하여

서준방.

한때 월미파 소속 행동대장으로 움직이던 놈이었다.

하지만 항쟁과 관련해서 복역하다가 출소한 이후로는 생활고에 시달려야 했다.

그렇다 보니 그는 출소한 후에 조억기를 협박해서 돈 좀 받아 내 볼까 했었다.

"젠장! 빌어먹을! 그 새끼만 아니었어도."

먼저 출소했던 화우민이 월미파의 재산을 꿀꺽한 상황인데다 가서 나눠 달라고 해 봐야 줄 리가 없었으니까.

자신이라고 해도 나눠 주지 않을 거다.

그렇다고 포기하고 살기에는 세상이 너무 팍팍했다.

애초에 그가 힘든 것을 감수하며 살 만한 성격의 소유자였다면 조폭 따위는 안 되었을 것이다.

그래서 창동그룹에서 적당히 돈을 뜯어내려고 했다.

범죄자들은 대체로 지능이 낮은 편이고, 서준방 역시 마찬가지였으니까.

하지만 창동은 돈을 주는 대신에 한때 동료였던 화우민에게 서준방을 죽이게 했다.

그러나 서준방은 화우민이 접근할 때부터 이상함을 느끼고 있었다. 굳이 친한 척할 이유가 없는 자이니까.

아니나 다를까, 맛있는 걸 먹여 준다면서 차에 태우고 사람이 없는 곳으로 향하는 걸 알아챈 그는 화우민을 제압하고는 조억기가 자신의 목에 돈을 걸었다는 사실을 알게 되었다.

그 이후 화우민은 죽여 버리고 차량은 바다에 빠트린 뒤 도주했지만, 창동그룹과 조억기라는 괴물에게 쫓기게 된 서준방 입장에서는 미치고 환장할 노릇이었다.

"어이, 김 씨! 이번 달에도 월세 안 낼 거야? 어?"

별안간 밖에서 들려오는 주인아주머니의 목소리.

앙칼진 목소리는 화가 나서 하늘을 찌를 듯했다.

"벌써 3개월째 밀렸잖아!"

"드릴게요. 죄송합니다."

"아니, 무슨 원룸도 아니고 고작 고시원인데 그걸 못 준다는 게 말이나 돼?"

주인아주머니는 기가 찬 표정으로 짜증을 부렸다.

"일주일 안에 못 주면 방 빼."

"네."

"내 참, 기가 막혀서. 어디서 저런 거지새끼가 들어온 건지."

그 말에 서준방은 자신도 모르게 이를 악물었다.

'개 같은 년.'

과거였다면 자신과 눈도 마주치지 못했을 년이다.

고작 작은 고시원의 주인 따위가 자신에게 이런 식으로 행동하다니.

하지만 열 받는다고 뒤집어 버릴 수는 없었다.

그러면 다른 곳으로 가야 하는데, 웬만한 곳은 모두 신분증을 요구하니까.

여기는 작고 허름하고 불체자들이 많이 일하는 동네라 신분증이 없어도 현금으로 받아 주지만 다른 곳에서는 불가능한 일이다.

"씨팔, 미치겠네. 차라리 학교에 다시 가는 게 낫겠네. 염병."

농담이 아니라 진짜로 그렇다. 최소한 경찰은 서준방을 죽이지는 않으니까.

하지만 창동과 조억기는 서준방의 목에 현상금을 걸었고, 은밀하게 그를 죽이기 위해 온갖 수를 다 쓰고 있는 상황.

그렇다 보니 어디서도 신분증을 보일 수가 없었다.

무서웠다.

제대로 된 집을 얻을 수도 없고, 제대로 된 직장을 구하는 것도 힘들었으며, 제대로 된 통장이나 핸드폰조차 만들 수가 없었다.

화우민을 죽이고 나서야 그들이 얼마나 치밀하고 두려운 존재인지 알게 되었다.

할 수 있는 건 노가다뿐이었다.

그마저도 3개월 전에 다리가 부러지면서 일도 못 하고 고시원에 갇혀 있다.

그나마 고시원에서 주는 밥과 김치, 라면으로 먹고살고 있지만, 이를 반대로 말하면 3개월을 밥과 김치, 라면으로만 버티고 있다는 소리였다.

"젠장."

그래도 교도소에서는 조폭 출신이라고 방장도 하고 다른 죄수들도 부려 먹으며 편하게 지냈는데 출소하고서는 2평밖에 안 되는 작은 방에서 겨우 목숨만 붙이고 있는 상황에, 지금은 나가지도 움직이지도 못하는 몸으로 갇혀 있으니 미칠 것 같았다.

문제는 다리가 부러졌어도 병원에 갈 수가 없다는 거다.

어찌어찌 깁스까지는 했지만 그 후로 진통제도 처방받지 못하는 비참한 상황.

"죽고 싶……."

자신도 모르게 죽고 싶다는 말을 할 뻔한 서준방은 순간 입을 꾹 다물었다.

그도 그럴 게, 그랬다가는 진짜로 죽을 것 같았으니까.

"미치겠네. 씨팔."

그가 다시 한번 머리를 부여잡는 그때였다. 누군가 문을 두들기는 소리가 들렸다.

"김 씨, 있어?"

방금 전 있는 대로 화를 내다 나간 주인아주머니의 목소리였다.

그 목소리에 서준방은 이를 악물고 말했다.

"이거 풀면 바로 나가서 벌어서 드릴게요. 좀 있어 봐요, 좀!"

간 지 채 30분도 안 되었는데 다시 찾아와서 재촉하니 짜증이 팍 올라오면서 과거 성질이 나오려 했다.

그러나 그다음 순간 서준방은 그대로 얼어붙었다.

"서준방 씨? 경찰입니다."

"……?"

경찰이라는 말에 서준방은 숨도 멈추고 눈만 데굴데굴 굴렸다.

"이미 알고 왔습니다."

"그……."

그 말에 서준방은 고개를 푹 숙였다.

다리가 부러지고 깁스까지 한 상황. 거기다가 출입구는 오로지 하나뿐.

도망갈 길은 없었다.

⚖

현상 수배 이후에 체포는 어렵지 않은 일이었다.

왜냐하면 현상 수배가 떨어지면 가장 먼저 수색하는 곳 중 하나가 바로 이런 고시원이기 때문이다.

물론 아예 모르는 곳으로 갔다면 특정하기가 힘들었겠지만 서준방은 자신이 아는 구역으로 돌아갔고, 그 덕에 특정되는 데 오래 걸리지 않았다.

그리고 그런 서준방에게 노형진은 변호사 자격으로 접근했다.

"이 경우 방법은 하나뿐이네요."

"방법이 있다고요?"

그 말에 서준방은 눈을 크게 떴다.

자신은 화우민을 죽였다. 그런데 방법이 있다니?

"정당방위가 되겠지요."

"정당방위요?"

"네. 물론 창동그룹과 조억기가 화우민 씨와 광천파를 이용해서 당신을 죽이려고 했다는 증거가 있다면요."

노형진의 말에 서준방은 침을 꿀꺽 삼켰다.

"다만 그렇다고 해도 실형을 피할 수는 없을 겁니다."

"실형은 피할 수 없다고요?"

"네, 과잉 방어에 들어가거든요."

서준방은 화우민을 죽였다. 그리고 그 과정에서, 구타와 고문을 통해 분명 먼저 공격하고 제압한 후에 자신을 죽이려고 했다는 사실을 알아냈다.

"이 경우는 정당방위의 허용 범위를 훌쩍 넘어갑니다."

한국의 정당방위는 자신의 몸을 지키는 선을 넘을 수가 없다.

상대방이 칼로 찌르려고 할 때 상대방의 칼을 쳐 내는 건 정당방위지만 그런 상대방을 제압하는 건 정당방위로 보지 않는 게 한국의 법이다.

실제로 주차 문제로 자신의 목을 조르는 폭행범을 가스총으로 쐈다는 이유로 형사처벌을 받은 사례가 있는데 이유가 가관인 게, 비록 공격자가 목을 조르기는 했지만 살인의 목적성이 없는 것으로 보이는 데다가 맨손이었는데 피해자는 가스총이라는 흉기를 사용했다는 것이었다.

물론 이건 재판부의 무식함을 자랑하는 꼴밖에 안 되는 판결이기는 하다.

애초에 무기 없이 맨손으로 목을 조른다고 해서 사람이 절대 죽지 않는 게 아니니까.

"문제는 그걸 증명하기가 까다롭다는 거죠."

서준방에게 노형진은 안타깝다는 듯 말했다.

"오면서 확인해 보니까 그 광천파라는 놈들은 화우민 씨에 대한 실종 신고도 하지 않았더라고요."

"네?"

화우민의 시체는 으슥한 곳에 버려져 있었기 때문에 발견하기까지 무려 4일이 걸렸다.

그쯤 되면 광천파도 뭔가 잘못되었다는 걸 알 텐데도 불구하고 그들은 자신의 범죄행위를 말할 수가 없어서 실종 신고조차 하지 않았다.

"그 상황에서 그들이 서준방 씨를 죽이기 위해 모여 있다고 화우민 씨가 말했다는 건, 오로지 서준방 씨의 주장일 뿐입니다."

만일 그걸 증명할 수 있다면 과잉 방어의 영역에 들어가서 아마도 실형이 짧게 나올 거다.

다만 과거에도 폭행 전과가 있는 만큼 집행유예 없이 3년이나 5년 정도로 나올 가능성이 크다.

"하지만 그렇지 않다면 아마도 무기징역이 나올 가능성이 크죠."

"무기징역요?"

"명백한 살인이니까요."

더군다나 그는 조폭 출신이다. 그러면 충분히 무기징역이 나올 만하다.

"어어어······."

그 말에 서준방은 고민하기 시작했다.

그리고 그 모습을 보며 노형진은 속으로 피식 웃었다.

'그러겠지.'

서준방이 이렇게 고민하는 이유는 간단하다.

단순히 화우민의 문제뿐이었다면 어떻게 해서든 창동그룹과 엮었을 것이다.

하지만 그는 과거에 창동그룹의 청부를 받아서 살인을 저질렀다. 그리고 그 살인에 대해 증거를 가지고 있을 가능성이 높다.

'그걸 공개하면 창동을 엮을 수는 있겠지만 자기 인생도 끝나거든.'

어차피 무기징역 또는 사형이 나올 가능성이 높다. 그리고 서준방도 차라리 화우민을 죽인 것만 고스란히 뒤집어쓰는 게 나을 거라는 생각을 직감적으로 할 거다.

'창동이 엮이면 애초에 세상 구경을 못 할 테니까.'

화우민을 죽인 게 단순 분쟁이자 사고로 취급된다면?

아마도 20년 정도가 나올 가능성이 크다.

설사 무기징역이 선고된다 해도 대한민국에서는 일반적으로 20년이 넘으면 무기징역을 받은 무기수도 가석방을 시켜 주는 편이기 때문이다.

그러나 만약 창동을 건드린다면?

'창동이 가만히 안 있겠지.'

막대한 로비를 할 테고, 재수 없으면 사형이 나올 거다.

아니, 창동의 능력과 힘을 보면 무조건 사형이 나온다고
봐도 무방하다.

문제는, 사형수는 가석방이라는 게 없다는 거다.

설사 무기징역이 나온다고 해도 창동의 힘이면 가석방 자
체를 막을 수 있다.

그러니 서준방 입장에서는 차라리 화우민을 죽인 걸 순순
히 인정하고 한 20년만 감옥에서 살다 나오는 게 나을 수도
있는 거다.

그의 나이는 현재 40세.

20년 살고 나오면 60살이지만, 죽을 때까지 감옥에서 살아
야 된다면 그 시간은 30년이 될지 40년이 될지 모른다.

"그건……."

고민하는 서준방.

그러나 그가 어떤 답을 고를지는 뻔했다.

'그리고 나는 그게 상관없고 말이지.'

왜냐하면 애초에 서준방에게서 증언을 얻어 내는 게 목적
이 아니니까.

서준방이 입을 열지 않을 거라는 건 알고 있었다.

'하지만 뭔가 있다는 거지.'

창동그룹과 조억기는 화우민을 통해 서준방을 죽이려고
했다.

만일 그가 아무것도 없이 입으로만 협박했다면 창동그룹

과 조억기가 굳이 죽이려고 하지는 않았을 거다.

기분 나쁘기는 하지만 건드려 봐야 도리어 타초경사가 될 뿐이니까.

애초에 폭력 조직 출신의 범죄자가 증거도 없이 언론에 대고 '내가 창동과 조억기의 청부를 받고 사람을 죽였습니다.'라고 말해 봐야 믿어 줄 리가 없고, 설사 있다고 해도 그 순간 자기 인생도 망가지기 때문에 쉽게 공개하지 못한다.

'보통 이런 물건은 최후의 순간에 꺼내는 무기지.'

어떻게 해도 망할 수밖에 없는 상황.

자신의 목숨이 걸린 상황에서, 어차피 죽는 거 발악이라도 해 보자는 느낌으로 꺼내는 무기가 이런 협박이다.

'하지만 서준방은 그걸 모른 거고.'

범죄자들은 지능이 낮다. 그건 이미 학계에서 오랜 연구 결과로 나온 결론이다.

누군가 그러지 않았던가? 양심도 지능이라고.

자기가 똑똑한 줄 알고 상대방을 속이고 이용하고 파먹는 놈들은 결국 지능이 떨어지는 거라고.

서준방은 범죄자이기 때문에 자신의 행동이 과연 어떤 파급력을 가지고 올지 예상하지도 않고 '협박은 돈이 된다.'라고 단순하게 생각한 것이다.

"그건……."

"말씀해 주셔야 합니다."

노형진은 그렇게 말하면서 서준방의 손을 꼭 잡았다.

"창동과 조억기의 범죄 사실이 있어야 처벌을 낮출 수 있습니다. 그리고 그래야 서준방 씨의 정당방위를 주장할 수 있어요."

그 말에 서준방은 아차 싶었는지 말을 못 했다.

그걸 말할 수는 없으니까.

하지만 생각까지 안 할 수는 없었다.

'감춰 놨군.'

예상대로였다.

월미파는 만일에 대비해서 감춰 둔 게 있었다. 화우민은 그걸 알고 있지만 이용하지 않았을 뿐이고 말이다.

그런데 그 기억을 읽던 노형진은 눈을 찡그렸다.

'이런 젠장.'

그도 그럴 게, 그 증거라는 건 명확하다 못해 아주 확실한 것이었다. 바로 조억기가 살인을 청부할 때 숨겨 둔 카메라였던 것이다.

그것도 단순 카메라가 아니라 녹음 기능을 지원하는 카메라.

그런데 문제가 있었다.

'찾을 수가 없다고?'

화우민도 서준방도, 카메라의 존재는 알지만 어디에 있는지는 몰랐다.

그도 그럴 게, 그걸 관리한 건 이미 죽어 버린 과거의 월미파 보스였기 때문이다.

화우민은 먼저 출소해서 재산을 집어삼켰지만 그 카메라가 어디에 있는지는 찾지 못했고, 서준방은 존재한다는 걸 아니까 일단 내질러 본 셈이었다.

'확실히 서준방의 지능이 떨어지기는 하네.'

노형진은 그렇게 생각하면서 손을 뗐다.

"진짜로 창동과 조억기의 죄를 증명할 만한 증거가 있나요?"

"그게…… 생각해 보니 죄가 없는 것 같기도…….''

서준방은 창동에서 자기를 죽이려고 했다고 길길이 날뛰다가 자신이 살인죄로 엮일 것 같자 갑자기 죄가 없는 것 같다고 발뺌하기 시작했다.

"하아, 그러면 어쩔 수 없죠."

노형진은 길게 떠들지 않았다. 떠들어 봐야 의미가 없으니까.

이 상황이면 이미 서준방은 마음을 결정한 후다.

'나야 상관없지만.'

노형진은 밖으로 나오면서 고개를 흔들었다.

그리고 방에 홀로 남은 서준방은 고민하기 시작했다.

물론 그 머리로 고민해 봐야 바뀌는 건 없겠지만 말이다.

⚖

"그래서 뭐 좀 나왔어?"

"봤잖아? 암 말도 안 하네."

"씨팔, 그러면 뭐야? 못 잡는 거야?"

오광훈은 눈을 찡그렸다. 이러면 계획이 틀어지니까.

물론 노형진은 그렇게 생각하지 않았다.

"그건 아니야. 협박한 걸 봐서는 분명 증거는 있어."

"하지만 그게 어디에 있는지는 모르잖아!"

"아마도 보스가 관리하지 않았을까?"

"보스가? 하긴, 그건 그렇지."

오광훈도 바로 알아듣고는 고개를 끄덕거렸다.

일반적으로 그런 위험한 물건은 보스가 관리하니까.

그가 조직폭력배이던 시절에도 보스들이 관리하는 게 일반적이었고, 오광훈이 보스가 된 후에도 직접 관리했었다.

"화우민이 나온 후에 조직의 재산을 다 꿀꺽했지만 그것만은 못 찾은 모양이던데."

"뭐, 아무 곳에나 두지는 않았을 테니까."

금고 같은 데에 보관한다 해도 비밀번호는 절대로 공유하지 않는다.

"물론 금고도 못 찾았을 거야."

"어째서?"

"시간이 지났잖아. 그런데 아직도 못 열었겠어?"

"하긴, 그렇지."

단순히 금고가 잠겨 있었다는 이유라면 그걸 열 시간은 충분했다.

심지어 자기 사무실에 자기가 가진 금고이니 그 소유권에 문제는 없다.

영화에서는 절대 못 여는 금고라고 이야기하기도 하지만 이 세상에 절대 못 여는 금고는 없다.

단지 그만큼 시간과 돈이 들어갈 뿐.

그런데 이미 몇 년이나 지났으니 아직까지 못 열었을 이유는 없다.

"더군다나 그 안에 있는 물건의 가치를 생각하면 무슨 수를 써서라도 열겠지."

"음?"

순간 오광훈은 어떤 사실을 깨달았다.

"잠깐, 그러면 화우민도 그걸 몰랐단 말이야?"

"그래. 금고가 어디에 있는지도 몰랐던 모양이야."

"금고야 사무실에 있었겠지. 월미파같이 작은 조직이 별도의 비밀 공간을 만들었을 리도 없고."

"그러면 월미파 사무실이 어디였는데?"

"보통 사무실은 자기 작업장에 두지. 아마 나이트클럽일걸."

"인천 파라다이스?"

"응."

"그러면 그 금고는 어디로 갔는데?"

"……."

노형진과 오광훈은 서로를 가만히 마주 보다가 눈을 찡그렸다.

"돌고 돌아 거기냐?"

인천 파라다이스 나이트클럽.

한때 인천에서 핫했던 곳이지만 아무리 깡이 좋아도 사람 십수 명이 죽은 곳에서 계속 영업할 수는 없었는지 결국 망하고 말았다.

그리고 그 건물은 오랫동안 비어 있다가 리모델링을 한 후에 지금은 초대형 카페로 바뀐 상황이었다.

애초에 나이트클럽 건물이 따로 있었던 게 아니라 한 층을 빌려서 나이트클럽으로 운영한 것이기 때문이다.

"모르죠. 수사가 끝난 후에 나이트클럽이 망했으니까."

경찰은 귀찮다는 듯 어깨를 으쓱했다.

그 말을 들은 오광훈은 머리가 아파 왔다.

"왜 모릅니까? 당신들이 처음부터 일을 제대로 처리하지 않아서 이 지경이 된 건데요."

"아니, 저희한테 왜 그러십니까? 조폭 새끼들이 자기들끼리 칼질한 건데."

항쟁 결과 나이트클럽의 관리 권한이 월미파에서 갈매기

파로 넘어갔고, 그 후에 살인 사건이 나자 나이트클럽의 주인은 못 버티고 폐업.

그러니 할 수 있는 게 없었다는 식으로 경찰이 말했다.

그의 말을 들으며 노형진은 고개를 절레절레 흔들었다.

'뭐, 딱히 놀랍지도 않다.'

경찰 입장에서 조폭들의 항쟁은 자기들끼리 죽고 죽인 거니까.

물론 그 당시에는 월미파가 미친 짓을 해서 여러모로 고생했겠지만 말이다.

"그러면 그 후에 그곳에 있던 집기는요?"

"저야 모르죠. 저희가 어찌 압니까?"

"경찰에서 수색 영장을 청구하지 않았어요?"

"피해자들한테 무슨 수색 영장을 청구합니까?"

"환장하겠네."

오광훈은 눈을 찡그렸다.

"그러면 이런 경우는 어떻게 되는 거야?"

"아마도 갈매기파가 가지고 가지 않았을까 싶은데."

정황상 나이트클럽이 망하고 갈매기파가 사무실을 빼면서 그 증거가 든 금고를 가지고 간 상황으로 보였다.

"그러면 갈매기파는 아직 존재합니까?"

노형진의 말에 경찰은 고개를 저었다.

"저는 모르는데요, 그 후에 경찰이 돼서."

"환장하겠네. 폭력단 관리 안 해요?"

"그게, 제가 관리하는 업무이기는 하지만 배정받을 때 갈매기파라는 이름은 들어 본 적도 없어요."

결국 그마저도 사라져서 돌아 버릴 것 같은 상황이라는 뜻이다.

"이걸 어쩐다."

경찰의 추적 범위에서도 벗어났다면 할 수 있는 게 아무것도 없는 상황.

그 순간 노형진의 머릿속에 한 남자가 떠올랐다.

"이걸 알 만한 사람이 한 명 있지."

그러면 무조건 알고 있을 가능성이 높기에 노형진은 핸드폰을 꺼냈다. 그러고는 바로 전화를 걸었다.

"한 회장님? 시간 되십니까?"

⚖️

"노 변호사, 오랜만이야."

한만우.

한때 용화파의 보스였지만 지금은 노형진에게 부탁해서 조직을 양성화한 사람이었다.

그리고 노형진과 손잡고 엔터 쪽에 진출해서 현재 그쪽 업계에서는 아주 큰 손으로 불리는 사람이기도 했다.

"좋아 보이십니다, 회장님."

"뭐, 회장 직함을 달았으니 좋아 보여야지."

한만우는 미소를 지었다.

"머리가 아프기는 하지만 그래도 경찰이랑 드잡이질 안 하는 것만 해도 어디야. 누가 뒤에서 쑤실까 봐 걱정하지 않는 것만으로도 속이 시원해."

하긴, 만일 그가 기업을 양성화하지 않았다면 지금쯤은 누군가에게 처분당했을 가능성이 컸을 거다.

"그런데 어쩐 일이야?"

"사실은 부탁할 게 있어서요."

"부탁? 자네는 이쪽 라인으로는 부탁 잘 안 하잖아?"

실제로 노형진은 가능하면 폭력적인 방식으로는 부탁을 하지 않으려고 한다.

왜냐하면 머리를 쓰는 것보다는 주먹 한 방이 쉽고 빠르니, 거기에 익숙해지면 그 방법에만 의존하려 들 테니까.

거기다가 변호사가 조폭에게 부탁을 한다는 건 목적과 상관없이 외부에서 좋은 눈으로 보기 힘들 거라는 이유도 있다.

"물론 평소라면 이런 부탁 안 드릴 겁니다. 그런데 제가 좀 바빠서요."

"도대체 무슨 일이기에 자네가 고집을 꺾을 정도인가? 거참."

"아프리카 쪽에서 좀…… 하하하하."

"아프리카? 별일이 다 있나 보군. 뭐, 그래. 이야기나 해 보게. 가능하면 들어주도록 하지."

"아직 조직 쪽 정보 라인, 살아 있죠?"

"그래야지. 그래야 영업 뛰기 쉽거든."

나이트클럽이든 일반 클럽이든 행사를 뛰기 위해서는 관리하는 주체와 어느 정도 선이 유지되어야 한다.

"그러면 인천에 갈매기파라고 아십니까?"

"갈매기파?"

"네. 작은 군소 조직이었다는데……."

물론 한만우가 관리하던 용화파에 비하면 규모가 작기는 하지만 그래도 나이트클럽 운영권을 두고 싸울 정도면 아주 작은 조직도 아니었을 것이다. 진짜로 작은 조직은 그런 짓은 꿈도 못 꾸니까.

"흠…… 갈매기. 아, 그 파라다이스 나이트 관리하던 애들?"

"아십니까?"

"뭐, 알기는 하지. 거기서 벌어진 사건이 워낙 유명하지 않았나?"

"그건 그렇죠."

파라다이스 나이트클럽 방화 살인 사건은 전국을 떠들썩하게 했으니까.

"혹시 그곳과 관련해서 정보를 얻을 수 있을까요?"

"무슨 정보?"

"그쪽에서 우리가 원하는 걸 가진 것 같은데 말이죠, 기록에 없어서요."

"그럴 거야. 그 새끼들도 양성화했거든."

"네?"

의외로 한만우는 주저하지 않고 말했다.

"양성화했어."

"바로 아시네요. 자잘한 애들은 잘 모르실 줄 알았는데."

"뭐, 특이하니까."

"특이해요?"

"대기업 후원을 받아 가면서 양성화하는 조직이 어디 흔하겠나? 자네도 나를 도와줘서 알지 않나? 이 양성화라는 게 생각보다 어렵다는 걸. 아마 지금은 바다유통인가 그럴걸."

노형진은 순간 혼란이 왔다.

양성화. 물론 이해는 된다.

폭력 조직이 성장하고 오래되면 양성화하는 건 너무나 당연한 수순이다. 그래야 더 많은 돈을 벌 수 있으니까.

온갖 범죄만으로 돈을 버는 것은 현대에서는 명백하게 한계가 있다. 그래서 갈매기파가 양성화했다는 사실이 딱히 놀랍지는 않았다.

다만 양성화된 과정이 놀라웠다.

"대기업의 지원을 받아서 양성화했다고요?"

"그래. 창동그룹이라고, 대기업은 아니지만 전라남도에서는 알아주는 곳이야. 양성화하고 그쪽에서 일감을 받아서 일하지."

"창동요?"

노형진은 그 말에 목소리가 삑사리 날 정도로 놀랐다.

"왜 그러나?"

"네? 아니, 그게요……."

창동그룹이 과연 우연히 도와줬을까?

그럴 리가 없다.

창동그룹에 선을 대 보려고 하는 놈들이 한둘도 아닌데 같은 전라남도에 속한 것도 아니고 그 머나먼 인천에 자리 잡은 조직을 굳이 도와줄 이유가 없다.

"사실은……."

노형진은 자신이 아는 걸 최대한 자세하게 설명했다.

설명을 모두 들은 한만우는 바로 상황을 알아차렸다.

"그러니까 뒷마무리를 갈매기파가 해 줬다 이거군."

"맞는 것 같네요."

"허, 기가 막히군. 지금 몇 명째 담그는 거야?"

한만우는 그렇게 말하면서 눈을 찡그렸다.

"그런 놈들이 있지. 필요 이상으로 정리하려고 하는 놈들."

"위험부담이 있어도요?"

"그래. 수단 방법 가리지 않고 주변을 싹 정리하려고 하는 놈들이 한둘이 아니라서."

아마도 한만우의 말대로 조억기는 일을 월미파에 맡겼지만 월미파가 불안하니 아예 밀어 버릴 생각을 한 것이리라. 그걸 위해 갈매기파를 밀어줘서 항쟁을 일으키고 말이다.

'생각해 보면 이상하기는 하지.'

아무리 작은 조직끼리의 항쟁이라지만 조직원이 다수 항쟁으로 교도소에 가고, 심지어 월미파의 보스는 변사체로 발견되었다.

그런데 그 당시 경찰에서는 아무런 대응도 없이 방치했다.

이건 굉장히 이상한 일이다.

항쟁이 선을 넘어 버리면 대부분 경찰이 개입하기 때문이다.

그리고 애초에 이렇게 작은 조직의 항쟁이 그렇게 커지지도 않는다.

이권이 작다 보니 굳이 거기에 목숨까지 걸려고 하지는 않는다는 거다.

"그래서 나도 이상하다고 생각했거든."

"그 당시에요?"

"그래. 항쟁이라는 것에는 선이 있어. 진짜 죽자고 싸우지는 않는단 말이지."

"아, 그래요?"

"그게 가능하겠어? 어느 정도 선을 넘으면 짭새들이 끼는데."

그런데 갈매기파와 월미파의 싸움은 그런 거 없이 처음부터 끝까지 '한 방에' 이루어졌다.

"더군다나 갈매기파는 신흥 조직이었단 말이지. 신흥 조직이 기존 조직을 밀어내는 것도 말이 안 되지만, 아무 원한도 없는 조직이랑 끝장을 보는 건 더 특이한 경우라서 말이야."

노형진은 고개를 끄덕거렸다.

원래 항쟁은 이권 때문에 벌어지지만, 원한이 쌓였을 때 끝장을 보기 위해서도 많이 벌어진다.

국가로 치면 국지전과 전면전이라고 볼 수 있다.

국지전이 벌어지면 다들 적당히 하다가 멈추지만 전면전이 벌어지면 둘 중 하나가 죽을 때까지 싸운다.

당연히 그 정도 싸움은 두 국가 간의 앙금이 선을 넘어 버릴 때 생긴다.

"그리고 말이야, 애초에 이권이라고 해 봐야 나이트클럽 소유권도 아니잖아?"

"그건 그렇죠."

"그래. 자네도 알지 않나? 요즘은 다 정부에 등록해서 영업하는데 싸움에서 졌다고 명의를 넘기겠나? 기껏해야 그거 대신 운영하는 운영권이 이권인데 그걸 가지고 고만고만한 조직이 죽자고 덤빈다고? 그게 더 웃긴 거지. 더군다나 그 과정에서 나이트클럽 주인이 한 행동도 이상하고."

파라다이스 나이트클럽은 주인이 따로 있었다. 애초에 작은 조직에 그런 나이트클럽을 가질 만한 재력이 있을 리가 없으니까.

"싸움에서 이겼다고 해서 나이트클럽 소유자가 '그러면 네가 관리해라.' 이러겠나? 지금은 1980년대가 아니라네."

"아…… 하긴, 그러네요. 그 부분은 저도 신경을 못 썼네요."

나이트클럽의 소유주는 따로 있는 경우가 대부분이다.

나이트클럽을 하나 차리는 데 드는 돈이 그 당시 기준으로는 수십억이니까.

그런데 그런 사람이 항쟁 결과에 따라 운영권을 넘긴다?

그럴 리가 없다. 왜냐하면 현대의 금권은 폭력 위에 있기 때문이다.

80년대, 아니 90년대까지만 하더라도 항쟁에서 승리한 조폭이 나이트클럽의 사장 목에 칼을 들이밀며 내놓으라고 하면 울면서 살기 위해 내놔야 했지만 지금은 아니다.

나이트클럽의 운영자쯤 되면 지역 정치권, 경찰과 호형호제하는 사이고, 뭔가 수틀린다 싶으면 서장이랑 술 한잔하면서 '담가 줘.'라고 한마디만 하면 그날로 그 폭력 조직은 끝이다.

경찰 특공대를 동원해서라도 박살 낼 테니까.

"나이트클럽의 소유자도 뭔가 압력을 받았다 이거군요."

"그래. 그리고 아마도 그건 창동이겠네."

한만우는 눈을 찡그리면서 말했다.

"이거 위험하기는 하네."

"이걸 어떻게 해야 할지 모르겠네요. 만일 진짜로 그렇게 된 거라면 증거는……."

    연이어 모습을 드러내는 진실에 노형진이 혼란스러운 듯 중얼거렸다.

    한만우는 고개를 흔들었다.

    "아직도 가지고 있을걸."

    "어떻게 아십니까?"

    "조폭 아닌가?"

    그들은 믿음이 없다.

    그리고 그들 스스로도, 자신들이 월미파를 밀었지만 조억기와 월미파가 어떤 관계였는지 정도는 알 것이다.

    그렇지 않고서야 대기업이 인천의 작은 조직에 신경 쓸 이유가 없으니까.

    "그러니까 자기네 안전을 위해 아직도 가지고 있을 거야."

    "그런가요? 끄응."

    그 말에 노형진은 머리가 아파 왔다.

    폭력 조직도 아니고 이제는 양성화된 기업이라면 그곳을 털어 낼 방법이 없으니까.

    그런데 그런 노형진에게 한만우는 생각지도 못한 조언을 해 줬다.

    "하지만 그걸 관리하는 금고는 회사랑 관련이 없을걸."

    "네?"

    "자네도 알지 않나? 아무리 양성화한다고 해도 못 따라오는 놈은 못 따라온다고."

"그건 그렇죠."

한만우의 부하들 중에도 그런 놈들이 있고, 그들 중 일부는 한만우 아래에서 별도의 조직으로 관리되고 있다.

지능이 낮아서 일반 업무를 못한다거나 규칙과 실적이 드러나는 회사에 적응하지 못하는 사람들.

"그런 곳에서 관리하겠지. 어찌 되었건 하청 회사잖나?"

"아하!"

만일 본사에서 쳐들어와서 금고를 열라고 하면 속절없이 열어야 한다.

거절? 그 순간 모든 거래가 끊어질 테니 위험한 물건은 회사에 두지 않을 거다.

"그놈들도 별도의 조직을 두고 관리할 거야. 그게 어딘지는 내가 알아봐 줄 수 있을 것 같은데."

"하지만 영장이 나올까요?"

노형진의 말에 한만우가 피식 웃었다.

"이 바닥에는 이 바닥의 룰이 있다네. 영장 같은 쓸데없는 종이는 필요 없어. 이 상황에서 문제는 하나뿐이지. 누구에게 붙을 것인가."

그 말을 들은 노형진은 그게 무슨 소리인지 알았다는 듯 미소를 지었다.

"하긴, 그건 그러네요, 하하하."

누구에게 붙을 것인가? 그건 간단한 문제다.

회사가 양성화되면 누군가는 그 양성화된 조직, 아니 회사에 적응해서 살아간다. 하지만 누군가는 거기에 적응하지 못하고 결국 도태된다.

문제는 그렇게 도태되는 사람을 어떻게 처우할 것인가다.

한만우의 경우는 도태되는 애들을 챙기기 위해 노형진과 숱한 노력을 했다.

지능이 낮아서 제대로 일을 못하는 애들은 공연장의 현장 노동자로 써서 먹고살 수 있는 방법을 마련해 줬고, 그마저도 체력이 부족해서 적응하지 못하는 경우는 경호원 노릇이라도 하도록 했다.

원래 폭력 조직이 쓰는 가장 쉬운 가면이 바로 경호 업체이기 때문에 이것도 못하는 놈들은 없으니까.

그냥 가만히 서 있으면 되는 일을 못할 정도면 조폭도 못한다.

하지만 갈매기파는 한만우의 조직과 상황이 완전히 달랐다.

한만우는 자기네 애들을 데리고 가려고 나름 최선을 다한 것과 달리, 갈매기파는 버려진 애들을 신경 쓰지 않았다.

당연히 버려진 이들도 별개의 조직이 되어 휘하에서 관리받기는 하지만 뭘 할 수는 없었다.

왜냐하면 뭔가 하기에는 빠져나간 조직원이 많아서 세력이 부족하고, 그렇다고 세력을 늘리자니 결정권자는 자신들이 아니니까.

더군다나 현실적으로 폭력 조직 출신이 할 수 있는 일은 그다지 없다.

한만우의 조직이야 공연장에 경호원과 인원 통제를 하기 위한 사람이 필요하니 자연스럽게 흡수된 거지만 양성화된 기업에서 조폭 출신이 뭘 하겠는가?

그러니 대부분 조폭이 양성화 과정을 거친 뒤 필요 없다고 판단되면 자연스럽게 버려지게 된다.

그리고 그렇게 버려진 조폭들은 생활고에 시달리게 되고.

"이런 썅. 연장 들어!"

갈매기파에서 버려진 조폭들이 운영하는 사무실에 몰려온 수십 명의 깍두기들.

그 모습을 창문으로 내려다보면서 사무실을 관리하는 곽도파, 한때 송곳이라 불렸던 사내는 자신의 무기인 기다란 쇠 파이프를 들고 이를 악물었다.

'망할. 좆 된 것 같은데?'

아무리 정장을 입고 있다지만 척 봐도 상대방은 조폭이다. 그것도 숫자가 절대로 적지 않은.

"형님은 뭐래?"

곽도파는 죽을 각오를 하면서 주먹을 꽉 쥐었다. 그리고 혹시나 하는 마음으로 부하에게 물었다.

지금쯤이면 큰형님, 아니 본사에 연락했을 테니까.

저쪽에서 다짜고짜 습격한 것도 아니고 느긋하게 올라오고 있으니 그 정도를 할 시간은 있었다.

"그게…….."

"뭐라고 하냐니까!"

"경찰 부르랍니다."

"경찰?"

"네."

"지금 이 꼴을 보고?"

"네, 이미 말씀드렸습니다만…… 경찰이나 부르라고…….."

"이런 씨팔."

경찰을 불러라. 당연히 할 수 있는 말이다.

하지만 그 말은 지원하러 오지 않겠다는 뜻이다.

그리고 현실적으로 그건 당연한 판단이었다.

이제 양성화된 기업이 조폭 간의 분쟁에 끼어든다? 줄줄이 감옥에 끌려가고 기업은 망할 거다.

그런 상황에서 그들이 할 수 있는 최선의 선택은 경찰을 부르라고 하는 정도다.

물론 그쪽에서는 나름 긴박하겠지만 그렇다고 해서 진짜 항쟁을 할 수는 없는 노릇.

'진짜 경찰을 부른다고 해도 뭘 어쩌라고.'

이것이 삶이다

족히 예순 명은 되어 보이는 숫자. 그에 반해 이쪽은 고작 여섯 명이다.

자신을 비롯해서 결국 양성화를 따라가지 못해 갈매기파에서 버려진 인간들.

그리고 마침내 놈들이 사무실 문 앞에 섰다.

곽도파는 쇠 파이프를 세게 쥐며 외쳤다.

"너희 누구야!"

"우리?"

선두에 선 남자가 곽도파의 말에 미소를 지으며 말했다.

"용화파."

"이런 씹……."

용화파라는 말에 그의 얼굴이 창백해졌다.

전국에 몇 개 안 남은 전국구 조폭.

양성화까지 훌륭하게 성공해서 모든 조폭들의 꼭대기에 있는 조직.

심지어 경찰과 검찰에도 커넥션이 있다고 하는 위험한 놈들이었다.

"여기는 손님한테 물 한잔 안 주나?"

그렇게 말한 남자는 안으로 다짜고짜 밀고 들어와서 소파에 털썩 주저앉았다.

"지랄하지 말고 꺼져."

"우리가 이대로 꺼지면? 그 후에 벌어질 일에 대해 책임질 능력은 되고?"

남자는 비웃음 가득한 얼굴로 말했다.

그리고 그 말에 곽도파는 아무 대꾸도 못 했다.

그들이 이후에 뭘 하든 자신들은 저항할 방법이 없으니까.

본사에서의 지원? 턱도 없는 소리다.

세력도 백도, 절대로 용화파의 이름을 이길 수 없다.

곽도파는 긴장된 눈빛으로 물었다.

"뭘 원해?"

"앉아. 뭐 해? 서서 이야기할 거야? 여기는 내 사무실이 아니라 네 사무실이잖아? 그런데 주인이 서 있으면 손님이 불편해서 쓰나."

그렇게 말하는 남자의 태도는 예순 명이나 되는 대인원을 이끌고 온 사람이라고는 생각할 수 없을 정도로 여유로웠다.

곽도파는 침을 꿀꺽 삼켰다.

"뭘 원하는데?"

아무리 생각해도 자신들을 죽이려고 온 게 아니기에 곽도파는 자리에 앉아서 질문을 던졌다.

"간단해. 우리 아래로 들어와."

"뭐?"

"우리 아래로 오라고."

그 믿기지 않는 소리에 잠시 남자를 멍하니 바라보던 곽보파가 머리를 흔들었다.

"미친 소리 하지 마. 우리가 왜 너희 아래로 들어가야 하지?"

"그거야……."

그 말에 남자는 곽도파를 물끄러미 바라보았다.

"말할 이유가 있나? 언제부터 이 바닥이 법과 원칙으로 굴러갔다고."

"……."

곽도파는 그 말을 부정할 수가 없었다.

애초에 법과 원칙으로 굴러가지 않는 곳이 이곳이 아니던가?

조직 간의 항쟁과 암투 그리고 흡수는 생각보다 많이 일어나는 일이다. 또한 그 과정에서 피를 흘리는 경우도 많지만, 반대로 그렇지 않은 경우도 제법 많았다.

특히 지금처럼 조직 간의 파워가 사실상 무의미할 정도로 차이가 나면 흡수되는 경우가 다반사다.

물론 지금은 과거처럼 조폭들끼리 상대방의 배에 칼질하는 분위기는 아니지만, 그렇다고 해서 순순히 포기하고 물러나는 것도 조폭답지 않으니까.

괴롭힐 방법은 많고, 자신들이 그에 저항할 방법은 없었다.

"헛소리!"

물론 곽도파는 쉽게 동의할 수 없었다.

"그래?"

그 말에 남자는 비웃음을 날렸다.

"조직에서 버려진 너희들이 버틸 수는 있고?"

그 말에 곽도파를 비롯한 여섯 명의 조폭들의 눈동자가 흔들렸다.

"알지? 너희들이 지금 버려진 거."

"아니야!"

"그래? 진짜로 아니라고 생각해? 그러면 전화해 봐, 지금 조직원들 보내라고. 기다려 줄게."

남자는 느긋하게 말했다.

그러자 곽도파는 아무런 말도 못 했다. 실제로 아무도 안 올 테니까.

이미 양성화가 끝난 상황이다. 조직 출신들이 없는 건 아니지만 그들의 입장에서도 이제 나이 먹고 사시미 휘두르면서 살아야 하는 조직으로 돌아가고 싶지는 않을 거다.

양성화된 조폭들의 조직은 기본적으로 조폭들이 갑이다.

그들이 일해서 버는 돈은 거의 없다시피 하지만 그래도 상급자라고 목에 힘주고 다닐 수 있다.

그런데 돌아오면? 과거처럼 다시 사시미를 휘두르며 위험하게 살아야 한다.

그런 곳에 그 누가 돌아오고 싶어 하겠는가?

"아, 물론 우리는 기꺼이 싸울 준비가 되어 있다고."

하물며 상대 조직이 다른 곳도 아닌 용화파다.

한국에서 가장 큰 전국구 조직이며 동시에 양성화가 가장 잘되어 있는 조직.

용화파가 경찰과 손잡고 이쪽 바닥을 컨트롤한다는 소문은 딱히 비밀도 아니다.

실제로 인신매매나 납치, 마약 등은 용화파가 알아서 경찰을 통해 모가지를 쳐 내기 때문에 그들 구역에서 그런 짓거리를 했다가는 대놓고 목이 날아가 버린다.

그런데 그들과 싸우라고 한다면 과연 싸울까?

"그리고 말이야, 애들은 먹여야 할 거 아니야. 라면이 뭐냐, 라면이?"

한구석에 잔뜩 쌓인 라면 박스를 보면서 불쌍하다는 듯 혀를 끌끌 차는 남자.

아까는 화가 났지만 지금은 창피했다.

그럴 수밖에 없는 게, 그 말이 사실이니까.

조직에서 주는 돈으로 어쩔 수 없이 짜장면으로 연명하며 산다?

그것도 돈이 되는 조직에서나 가능한 일이다.

짜장면 한 그릇에 8천 원. 그걸 내줄 돈이 없다.

그래서 곽도파는 라면을 몇 박스씩 쌓아 두고 매번 끼니를 그걸로 때웠다. 그마저도 인터넷에서 살 수 있는 가장 싼 라면이었다.

"넘어와, 배곯지는 않게 해 줄 테니까. 같이 오랜만에 삼겹살이나 먹지?"

삼겹살이라는 말에 누군가 자신도 모르게 침을 꿀꺽 삼켰다.

곽도파는 그 소리에 등 뒤의 조직원들을 재빨리 노려봤지만 누군지 알 수는 없었다.

　　'염병할.'

　　그도 그럴 게 자신만 해도 입에 고기를 대 본 게 2개월 전이었으니까.

　　아무리 조폭이라지만 이렇게 비참하게 추락할 줄은 몰랐다.

　　"형님, 어쩌죠?"

　　누군가 물었다.

　　곽도파는 고민했다.

　　싸워서 이길 수 있느냐는 질문이 아닌, 포기하고 저쪽으로 가면 안 되느냐는 질문이었기 때문이다.

　　"……."

　　현실적으로는 가는 게 이득이었지만 자존심이 그걸 막았다.

　　"어차피 저쪽도 너희를 버렸는데 그냥 이쪽으로 오지?"

　　"뭔 개소리야? 아직 안 버리셨다."

　　"그래? 하지만 이미 이쪽에 관련된 정보는 죄다 팔아먹고 있던데."

　　"헛소리!"

　　"증명해 볼까?"

　　그 말에 곽도파의 눈동자가 흔들렸다.

　　이해는 간다. 주변에서 양성화된 조직을 한두 번 본 게 아니니까.

자신처럼 양성화를 못 따라가면 그냥 버려진다는 것도.

"우리 쪽으로 오면 최소한 잘 먹고 잘 살 수는 있어. 저쪽은 너희를 버렸는데 너희는 언제까지 매여 있을 거야? 의리? 그딴 게 여기 어디에 있는데?"

그 말에 곽도파는 입술을 잘근잘근 깨물었다.

생각 같아서는 헛소리라고 하고 싶지만 그 말이 안 나왔다. 그 사실을 자신도 알기 때문이다.

"그리고 너희들 애새끼들, 학교에는 보내야 할 거 아냐? 학교에 가서 애들 선생님한테 뭐라고 할 건데? 애들 기록부에 애아빠 직업을 건달이라고 적어 낼래? 영화 찍냐? 우리가 엔터 소속이라고 명함 하나씩 박아 줄 테니까 적당히 튕기지?"

"크윽."

곽도파는 그 말이 제일 가슴이 아팠다.

성격이 지랄 같아서 조폭이 되기는 했지만 자식 문제는 또 달랐다.

애를 생각해서 어떻게 해서든 잘 살아 보자 하다가도 성격이 워낙에 지랄맞은지라 멀쩡한 회사에는 갈 수가 없는 상황.

"우리 쪽에 오면 적당한 자리가 있어. 알지?"

"현장 경호원 말인가?"

"뭐, 잘 아니 굳이 말할 필요도 없겠네."

행사를 많이 하는 한만우의 회사에는 현장 경호원이 언제나 필요하다.

의외로 이 경호, 정확하게는 현장 통제 업무에 일반 아르바이트생은 그다지 효과가 없다.

왜냐하면 사람들이 통제를 따르지 않기 때문이다.

대학생 알바를 써서 아무리 고래고래 '질서를 지켜 주세요!'라고 소리 질러 봐야 대부분의 사람들은 철저하게 무시한다.

결국 말이 통제 요원이지 그냥 몸으로 사람들을 밀어내야 하는데, 그러다 보니 매번 행사를 할 때마다 난리도 아니었다.

"내가 해 보니까 아르바이트하는 애들을 쓰면 있잖아, 이게 지랄 같아요. 애새끼들이 아주 그냥 머리를 존나 잘 굴려."

예를 들어 어떤 연예인이 온다고 하면 그 연예인 빠순이들이 파고들면서 다가가려고 한다.

그런데 그 현장 통제 요원이 일반인이면 자기가 몸으로 밀어 놓고 성추행한다고 고래고래 소리를 지른다.

그래서 움찔하면, 그 틈을 파고들어서 행사를 개판으로 만든다.

실제로 이런 행사를 할 때 경찰이 성추행 문제로 출동하는 게 거의 100%다.

"그런데, 솔직히 이쪽은 우리 영역이거든."

조폭들은 사람을 위협하는 법을 안다. 그렇다 보니 그 존재감 자체가 압도적이라 사람들이 섣불리 움직이지 못한다.

실제로 한만우의 회사는 적은 인원으로 더 좋은 효과를 내는 곳으로 유명해서, 행사와 관련한 계약은 많은데 정작 인원이 부족한 상황이었다.

"서류 작업할 필요 없어. 그거 담당할 새끼는 붙여 줄게. 뭐, 우리 쪽 애들도 머릿속에 먹물은 없잖아."

채찍과 당근이 계속 휘둘리자 곽도파는 아무 말도 하지 못하고 눈만 굴렸다.

"어허, 이미 버려졌다는 거 못 믿네."

그런 곽도파를 가만히 바라보던 남자는 피식 웃더니 말을 이었다.

"좋아. 증거를 보여 주지. 내가 저 금고 열면 어쩔래?"

그 말에 곽도파는 안쪽에 있는 금고로 시선을 돌렸다. 그러고는 피식 웃었다.

"열어 보든가."

여기에 있는 금고이기는 하지만 그들 소유는 아니다. 사실상 조직의 지시로 그들이 지키고 있는 거다.

좋게 말해서 경호원인 거고, 사실상 금고를 지키기 위한 경비견에 지나지 않는다.

그것도 제대로 된 사료도 안 주고 먹던 음식물 쓰레기나 던져 주며 키우는 그런 개 말이다.

'나도 모르는 걸 너희가 안다고?'

당연하게도 곽도파는 저 금고의 비밀번호를 모른다.

애초에 그걸 아는 사람은 조직 내에서도 최상위층밖에 없다.

그런데 그걸 이들이 열 수 있다고?

그렇다면 그건 본사에서 자신들을 버렸다는 가장 확실한 증거가 될 거다.

"열어라."

"네, 형님."

그리고 그 말에 잽싸게 튀어나오는 남자.

바로 노형진이었다.

당연히 이 금고의 비밀번호 같은 건 모른다. 하지만 그는 그걸 알아낼 수 있었다.

'역시 한만우 회장.'

한만우의 계획은 간단했다.

금고를 가지고 있는 조폭을 흡수하면 된다. 그러면 소유권은 이쪽으로 넘어온다.

간단한 말이지만, 그쪽 업계의 규칙이기도 했다.

'이런 걸 여는 건 어렵지 않지.'

아무리 금고에 손대지 않는다 해도 처음 물건을 보관할 때는 사용할 수밖에 없다. 그러니 사이코메트리로 기억 속의 번호를 읽어 내면 되는 것이다.

철컥.

그간 단 한 번도 열리지 않았던 금고의 문이 열리는 것을 보면서 곽도파의 눈동자가 흔들렸다.

저 안에 있는 게 뭔지는 자신도 모른다.

애초에 알려 주지도 않았다.

그런데 그런 정보를 팔아넘겼다?

그것만큼 자신들을 버렸다는 확실한 증거가 있겠는가?

'이런 개…….'

물론 중요한 게 들어 있을 수도 있다. 하지만 과연 그랬다면 비밀번호를 팔아넘겼을까?

그럴 리가 없다.

아마도 저 안에는 아무것도 없었으리라.

그래서 자신들을 버렸다고 해도, 그래서 비밀번호를 넘겼어도 문제없었을 거다.

어차피 빈 거니까.

쉽게 말해서 쓸모없는 자신들을 여기에 묶어 두기 위한 못밖에 되지 않았다는 소리였다.

"이제 알겠어?"

"니미 씨팔."

곽도파는 이를 빠드득 갈았다. 그러고는 눈앞의 남자에게 고개를 꾸벅 숙이며 말을 건넸다.

"잘 부탁드립니다."

어차피 본사에서 자신들을 버렸다면 자신들이 그들을 위해 여기를 지키고 있을 이유도 없다.

그렇게 생각하는 게 당연한 일.

"그래그래, 후후후."

한편 그렇게 그들이 용화파에 흡수될 때 노형진은 금고를 열고 미소를 짓고 있었다.

'빙고.'

그 안에 있는 여러 가지 서류들과 작은 USB들.

그게 창동과 조억기의 미래를 박살 낼 수 있다고 확신했기 때문이다.

해당 자료는 자연스럽게 오광훈에게 넘어갔다. 그리고 그 익명의 제보는 한국을 발칵 뒤집었다.

-창동그룹 현 회장인 조억기는 다수의 살인을……

-조억기는 자신의 살인을 감출 목적으로 증인을 청부 살해하고 그 청부 살인자도 죽이려고 했으며 동시에 살인자가 속해 있던 조직을 다른 조직을 통해 토벌하는 방식으로 다수의 살인을……

-인천 파라다이스 나이트클럽 방화 살해 사건은 조억기가 청부한 두 조직의 분쟁으로 인해 발생한……

"우와, 아주 작살이 나는구만."

창동그룹이 아무리 잘났다고 해도 이 정도 규모의 사건을 덮을 수는 없다.

더군다나 창동은 전라남도에서나 힘 있는 기업이지, 전국 규모가 된 사건에는 전혀 힘쓰지 못한다.

"이번 사건으로 창동그룹은 완전히 박살 나겠는데?"

"그러기는 어려울걸."

그러나 노형진은 오광훈의 말에 혀를 끌끌 찼다.

"단시간 내에는 힘들 거야."

"어째서?"

"창동이 워낙 지역에서 강력한 힘을 발휘하니까."

그들은 건설업과 주류업이 주력인데, 건설업의 경우는 불매운동의 대상으로 하기는 힘들다.

이미 건설된 아파트는 모두 분양되었으니 끝난 이야기고, 소주는 입맛이 워낙 토착화되어서 그 지역에서는 그 소주만 잘 팔리는 성향이 강하기 때문이다.

과거에 그 유명한 부산 막걸리 기업 사건도 결국은 누구도 처벌받지 않았고 기업가들도 전혀 손해 보지 않았다. 그 입맛에 길들여진 사람들이 착취로 인해 누가 죽든 말든 그것만 먹기 때문이다.

실제로 그곳의 근로자들은 여전히 노예 취급받고 두들겨 맞으며 일하고 있다.

"물론 마이스터가 두고 볼 리는 없지만."

노형진은 어깨를 으쓱했다.

"마이스터가?"

"알잖아? 마이스터는 처음부터 스타 검사를 건드린 놈들에 대한 보복을 천명하고 있었어. 건드리지 않았다면 모를까, 건드렸다면 확실하게 처분해야지."

"응? 아하!"

노형진의 말에 오광훈은 그제야 생각났는지 고개를 끄덕거렸다.

"그러면 어쩌려고?"

"간단해. 이제부터 마이스터에서 다른 주류에 대한 무차별적인 할인 행사 지원금을 낼 거야."

"지원금이라니?"

"말 그대로야. 창동에서 만든 술이 아니라 다른 술을 사는 손님에게 술값의 절반을 마이스터에서 지급하는 거지. 건설 쪽이야 거래하는 재료 납품 회사를 족치면 망하는 건 순식간이고."

그 말을 듣던 오광훈은 순간 갸웃했다.

"아니, 가게가 아니라 손님에게 현금으로 정산해 준다고?"

"응."

"아니, 왜?"

"술집에 줘 봤자 양쪽에서 다 가져다 팔 테니까."

이쪽에서 술집에서 소비하는 술값의 절반을 제공할 수는 있지만 그렇다고 그것만으로 술집 주인이 적극적으로 '창동 거 말고 다른 거 드시죠.'라고 나서기는 힘들다. 사람들의 입맛이 있으니까.

'창동은 살인마 기업이니 먹지 말아야 합니다.'라고 할 수도 없다. 기분 좋게 술 마시러 온 손님들의 기분만 상하게 하는 말이기 때문이다.

"하지만 손님에게 직접 술값을 준다고 하면 어떻게 되겠어?"

"아하!"

손님 입장에서는 그 술값이 아까워서라도 다른 업체의 술을 마시게 될 거다. 그리고 창동의 술만 파는 가게에는 가지 않게 될 거다.

당연히 가게 입장에서는 손님을 잡기 위해 창동의 술이 아닌 다른 곳의 술을 팔아야 한다.

"그러면 이제 끝난 건가? 창동 놈들은 끝난 것 같은데."

그렇게 말하는 오광훈은 기나긴 터널을 지나 마침내 밖으로 나온 것처럼 환한 얼굴을 하고 있었다.

그러나 어째서인지 노형진은 여전히 죽상이었다.

"일단 한국은 끝났네."

"한국은 끝났다니? 다른 나라에 뭔 일 났어?"

"났지. 그래서 머리가 아주 깨질 판이다."

노형진은 저절로 한숨만 나왔다. 진짜로 생각하지 못한 일이 벌어졌기 때문이다.

"어쩌면…… 내가 제일 싫어하는 일을 해야 할지도 모르겠어."

가장 피하고 싶지만 때로는 어쩔 수 없는 일이 있기에 노형진은 쓰게 웃을 수밖에 없었다.

독재자란 존재

아프리카. 원래 역사에서는 못살던 동네였다.

물론 지금도 마찬가지이기는 하지만 그래도 과거보다는 훨씬 나아졌다.

거기에는 몇 가지 원인이 있었는데, 가장 큰 이유는 바로 노형진이 아프리카가 자립할 수 있는 방법을 만들고 있기 때문이다.

물론 반도체를 생산하는 공장을 만드는 건 불가능하지만 몇 가지 고치는 것만으로도 아프리카는 훨씬 살기 좋은 곳이 되어 가고 있었다.

과거에 종묘 회사들이 다음 세대를 생산하지 못하는 불임 작물을 팔던 것을 막기 위해 바로 씨앗을 뿌릴 수 있는 작물을 개발해서 퍼트리면서 식량 사정이 훨씬 나아졌고, 이제 보호 기간이 끝난 약들을 싼값에 복제해 팔아서 전체적인 질병 치료율을 높였으며, 한때 자원을 그냥 수출하던 곳에서 이제 어느 정도 가공할 수 있도록 노형진이 현지에 가공 공장이나 제철소를 세워서 자립시켰다.

거기까지는 좋았는데.

'이럴 때마다 진짜 인간에게 현타가 온다.'

노형진은 멍하니 천장을 올려다보았다.

그런 와중에도 그의 눈앞에서는 로버트를 비롯한 수많은 사람들이 열띤 토론을, 아니 고래고래 소리를 지르고 있었다.

"무슨 수를 써야 합니다!"

"뭔 수로요? 기업도 아닌 국가인데!"

"국제적으로 요청을 해서……!"

"애초에 기니가 국제적으로 고립되다시피 한 나라인데요?"

이들이 이렇게 싸우는 이유는 간단했다. 기니에서 발생한 쿠데타 때문이었다.

기니는 아프리카 빈국 중 하나로, 마이스터와 세계복지재단이 신경을 많이 쓴 곳 중 하나였다. 그도 그럴 게 가장 정상화하기 쉽다고 판단했으니까.

자원도 풍부하고 아프리카의 나라 중에서는 나름 정치가 안정적이며 동시에 산유국이고 위치도 바다와 인접해서 해외와 유통하기 쉽기에, 기니를 정상화하고 그곳을 기점으로 조금씩 아프리카를 정상화하려고 노력하던 중이었다.

그랬는데…….

"무사 수칸은 뭐랍니까?"

"여전히 바뀐 건 없습니다. 모든 재산을 국유화하고 외국인을 추방하겠답니다."

"미친 새끼."

갑자기 무사 수칸이라는 놈이 튀어나왔다.

원래 역사에서는 본 적도 없는 녀석이었다. 그런데 갑자기 쿠데타를 일으켜서 권력을 잡고 서방 세력을 모조리 내쫓았다.

그러면서 자신들의 나라 안에 있는 모든 시설, 그러니까 농장, 제철소, 정유소 등등을 모조리 싹 다 국유화하겠다고 발표했다.

애초에 그곳에 투자한 곳은 마이스터가 거의 유일하다시피 했기에 마이스터에는 엄청난 타격이 갈 수밖에 없었고, 그 때문에 지금 마이스터는 발칵 뒤집어졌다.

'원래도 쿠데타가 일어났던 시기이긴 하지만…….'

회귀 전 이 무렵에도 기니에서 쿠데타가 있었다.

하지만 그 세력은 기니의 친중국 반서방 전략에 항의해서 쿠데타를 일으킨 것이었고, 이후 중국에 석탄을 수출하는 것을 금지해서 단시간이지만 중국 전역이 정전되는 원인이 되기도 했다.

'그래서 미국의 지원을 받은 쿠데타가 아니냐는 말까지 있었는데.'

물론 미국은 그걸 인정하지 않지만 말이다.

'그런데 이 새끼는 뭐야?'

노형진의 기억이 맞다면 원래 쿠데타를 일으킨 놈은 무사 수칸이 아니다. 그리고 무사 수칸처럼 국유화 같은 미친 짓을 하지도 않았다.

국유화란 그럴듯해 보이지만 현실은 미친 짓일 뿐이다.

당장 국유화가 진행되면 해외의 자산은 모조리 빠져나가니까.

그리고 국제 거래가 끊어진다.

당연히 국가의 운영이 불가능해진다.

자국 내 소비?

그것도 인구가 몇억이나 되어야 가능하지 기니같이 숫자가 적은 나라에서는 한계가 명확하다.

기니의 인구는 고작 1,400만 명 정도.

그 정도 인구로 자국 내 소비와 거래는 불가능. 그런데 국유화라니.

"이번 쿠데타는 진짜 석연치 않아요."

"그렇지요?"

로버트도 심각하게 말할 정도로 이번 쿠데타는 이상한 점이 많았다.

"가장 이상한 점은 그 무사 수칸이라는 놈이 고작 중위라는 겁니다. 아니, 중위가 쿠데타를 일으키는 게 말이나 됩니까?"

물론 기니군은 그다지 강한 군대가 아니다.

아니, 강하기는커녕 존재 자체가 거의 의미 없다고 할 정도로 약하다.

한국의 1개 기계화부대만으로도 다 쓸어버릴 수준이랄까.

애초에 기니군의 숫자는 육군이 천사백 명에 해군이 이백명, 공군이 오백 명이다. 경찰까지 포함해 봐야 추가로 사백명이 더 붙으니 다해서 고작 이천오백 명 수준이다.

무장 역시 방탄복은커녕 구닥다리 구소련제 무기투성이다.

북한과 마찬가지로 T-34 전차를 운영하고, 기타 경전차까지 다 합쳐도 53대 수준이다.

해군은 경비정급이 최고 수준이고 그마저도 총 6척.

공군은 공격기가 딱 4대. 그러니까 간신히 편대비행만 가능한 수준.

"아무리 그래도 중위라니, 계급이 너무 낮습니다."

물론 쿠데타가 잦은 아프리카 국가답게 실제로 과거에도 쿠데타가 있었고 그중에는 대위도 있었지만, 그래도 중위는 계급이 너무 낮다.

"그리고 연락이 끊어진 현지 관리인의 말에 따르면 기니 쿠데타군은 방탄복으로 무장하고 있다더군요."

"그게 말이 됩니까?"

"그러니까요."

그 말에 다들 말도 안 된다고 이야기했다.

그도 그럴 게 기니 정부군도 갖추지 못한 방탄복을 고작 중위가 이끄는 소수의 쿠데타군이 가지고 있다는 게 말이 안 되기 때문이다.

"이해가 안 되는 건 아닌데."

전 정권은 분명 독재에, 비틀린 정권이었다.

분명 선거를 통해 권력을 잡은 민주 정권이지만 동시에 그 후에 부패해서 계속 권력을 잡으려고 온갖 짓을 했던 정권이기도 했다. 그러니 쿠데타가 일어날 수도 있다.

'하지만 그랬다면 원래대로 굴러가야 하는데.'

그런데 원래대로가 아니라 더한 악질이 권력을 잡았다. 심지어 훨씬 좋은 무장으로 말이다.

'이건 누군가 개입한 게 분명해.'

그렇지 않고서야 이럴 수는 없다.

'물론 역사가 바뀌기는 했다지만⋯⋯.'

그러나 좋은 쪽으로 바뀌었지 나쁜 쪽으로 바뀐 건 아니다.

그런데 갑자기 나쁜 쪽으로 바뀌었다?

"문제는 우리가 뭘 어쩔 수가 없다는 건데."

"그게 문제입니다."

기업이라면 박살 낼 수 있다. 하지만 상대방은 국가다.

노형진이 아무리 사회적으로 힘이 있고 막 나간다고 해도 절대로 국가를 대상으로 전쟁을 선포할 수는 없다.

솔직히 불가능한 건 아니지만 그랬다가는 전 세계로부터 경계당할 게 뻔하기에 그럴 계획은 없었다.

"역시 이번에는 손실을 감수해야 할지도 모르겠군요."

현지에 설치한 장비들이 아깝기는 하지만 그렇다고 아주 거대한 투자를 한 건 아니었다.

종자야 어차피 뿌려진 상태고, 정유 시설과 제철소는 큰 규모는 아니다.

물론 그 모든 걸 포기하면 적지 않은 피해가 발생하지만 노형진이나 마이스터가 망하거나 흔들릴 정도의 규모는 아니다.

사실 그곳에서 나오는 양으로는 기니의 소비도 충족하지 못한다. 추가 건설을 감안하고 시험 삼아서 세운 거니까.

"진짜로 그럴 생각이십니까?"

로버트는 걱정스럽게 물었다.

그 말에 노형진은 고개를 끄덕거렸다.

"국가를 대상으로 싸울 수는 없습니다. 정권이라면 모를까."

"끄응."

실제로 그런 나라에서 쿠데타가 터지고 국유화될 때마다 당한 기업이 한둘이 아니었고 그들도 결국 비슷한 결정을 했기에 다들 이렇게 결정될 거라고 생각은 하고 있었다.

그랬기에 다들 납득하는 분위기로 흘러갔다.

그런데 갑자기 상황이 급변했다.

"큰일 났습니다!"

"큰일?"

누군가가 회의실로 들어오면서 다급하게 외친 것이다.

그리고 이어지는 그의 말에 노형진의 눈에서 불똥이 튀었다.

"기니에 위치한 안전 마을이 습격당했습니다."

"습격? 지금 습격이라고 했습니까?"

"네!"

"아니, 뭔 소리예요? 습격이라니?"

"기니 정부군이 안전 마을을 습격해서 주민을 학살하고 모든 물자를 약탈했답니다."

우당탕!

다들 자리에서 벌떡 일어났다. 노형진은 분노로 손이 부들부들 떨렸다.

"이런 미친 새끼들이!"

그도 그럴 게, 말했다시피 기니는 아프리카 내부에서도 나름 안정적인 곳이었다. 그래서 안전 마을이 딱 하나 있었는데, 그곳은 고아원 등 보호시설 역할을 하고 있었다.

왜냐하면 전쟁 난민이 없는 나라라 난민을 수용할 이유도 없었기 때문이다.

그래서 그곳에 오는 사람들은 남편을 잃어서 먹고사는 게 불가능해진 과부라든가 부모를 잃어서 생존이 불투명한 아이들뿐이었다.

"도대체 어떻게 된 겁니까? 그걸 그냥 놔뒀어요?"

"기니 안전 마을은 무장이 약해서……."

"크윽."

전쟁 중인 국가도, 반군이 넘쳐 나는 국가도 아니니 기니의 안전 마을에는 무장이랄 게 없었다.

그냥 철조망을 세우고 입구를 만든 뒤 거기에 모래주머니로 초소를 세운 정도.

다른 안전 마을과 다르게 지대공미사일도, 박격포도, 중기관총도 없었다.

"도대체 왜?"

그 말에 로버트는 의아함으로 가득한 목소리를 냈다.

그럴 이유가 없으니까.

안전 마을은 위험하지도 않고, 그렇다고 무사 수칸이 이야기하는 것처럼 자본 수탈을 위한 곳도 아니었다.

"아마도 군 병력을 확보하기 위해서겠지요."

노형진은 알 것 같다는 듯 이를 갈면서 말했다.

"소년병 말씀이십니까?"

"네. 무사 수칸은 우리가 공격할 가능성을 예상했을 겁니다. 주변에 우리 병력은 충분하니까요."

그런데 성인 남성을 징집해서 이용하기에는 위험하다.

쿠데타를 통해 권력을 잡은 데다 잘나가던 농장과 기업을 국유화한 자신을 국민들이 좋아할 리가 없는데, 그 상황에서 노동인구인 성인 남성까지 징집하면 국민감정이 극도로 나빠질 테니까.

물론 국민감정이 나빠지는 거야 상관없지만, 그 노동인구가 일하던 곳이 바로 국유화한 공장이나 농장이라는 게 문제다.

그들이 자신의 일자리를 빼앗고 먹고살 수도 없게 만든 무사 수칸의 정권에 좋은 감정을 품을 리가 없으니까.

그런데 그런 성인 남성의 손에 무기를 쥐어 준다?

도리어 그들이 무사 수칸을 몰아내려고 할 가능성이 커진다.

그러니 징집은 불가능하다.

그렇다면 남은 방법은 하나뿐이다. 바로 소년병.

적당히 위협하면 시키는 대로 하고 또 세뇌하기도 쉬운 나이.

"주변의 병력이라니요? 우리가 무슨 군대도 아니고."

"주변 국가가 시에라리온과 라이베리아 아닙니까?"

두 나라는 안정적인 나라가 아니다.

시에라리온의 경우는 내전이 전 세계에 널리 알려질 정도로 크게 났고 여전히 그로 인해 고통받고 있다.

라이베리아 역시 마찬가지.

노형진과 마이스터가 기니를 아프리카 주요 투자 지점으로 삼은 데에는 다 이유가 있었다.

지금은 독재 정부로 변질되었다지만 기니는 민주주의적 투표로 만들어진 정부가 있는 나라이기 때문이다.

당연하게도 시에라리온과 라이베리아에도 안전 마을이 있다.

그리고 그 안전 마을은 중기관총, 대전차미사일, 박격포, 콘크리트 참호와 지대공미사일 등으로 보호받는다. 그리고 소수지만 기갑부대도 있다.

노형진이 지금 한국 정부에 탱크를 주문하는 이유가 뭔가? 그런 부대의 증강 및 장비 교체가 목적이 아닌가?

그리고 그곳에 있는 병력이라면 충분히 기니를 제압할 수 있다.

"우리는 그럴 생각이 없는데요?"

"그걸 알 정도로 똑똑한 놈이었다면 쿠데타도 벌이지 않았겠죠."

아니, 쿠데타를 벌여도 국유화라는 미친 짓은 하지 않았을 거다.

"어쨌든 이제는 그냥은 못 넘어가겠군요."

돈? 벌면 그만이다.

아무리 돈이 좋아도 사람이 우선이기에 노형진은 굳이 기니의 쿠데타군과 싸울 생각이 없었다.

하지만 그들이 사람 목숨을 쥐고 지배를 시작하면 수천만 명이 죽게 된다.

한 명의 독재자는 수천만을 죽게 만들 수 있다는 걸 2차대전으로 뼈저리게 느끼지 않았던가?

"설마?"

"개입하겠습니다."
"하지만 방법이……."
"찾아야지요."
그렇게 말하는 노형진의 눈에서 불꽃이 튀었다.

노형진이 마음을 고쳐먹고 가장 먼저 한 것은 CIA를 찾아가는 것이었다.

'분명 이놈들은 뭔가를 알고 있어.'

물론 자신에게 엿을 먹인 건 아닐 거다.

하지만 자신의 기억이 맞다면 원래의 쿠데타는 미국의 은밀한 지원을 받고 이루어졌다는 소문이 있었다.

실제로 기니 쿠데타군은 독재국가 쿠데타군치고는 이상한 행보를 했다.

전 정권자들을 총살하지도 않고 법과 원칙에 따라 처벌한다고 하질 않나, 권력을 잡는 대신에 투표하겠다고 하질 않나, 지난 정권에서 탄압받던 야권 인사를 정치에 참여시키질 않나, 심지어 군부 출신은 아예 선거나 공직에 출마를 금지까지 시키는 등 기존의 쿠데타군과는 완전히 다른 방식으로 움직였다.

그랬기에 미국에서 개입한 게 아닌가 하는 의심이 있었던 것이다.

'설사 아니라고 해도 CIA가 모를 리가 없지.'

노형진은 당장 CIA를 찾아가 그들에게 협조를 요청했다.

그리고 CIA에서 나온 사람은 언제나처럼 처음 보는 인물이었다.

"스미스 요원이라고 불러 주십시오."

"영화를 좋아하시나 봅니다."

노형진은 그렇게 말하면서 긴 한숨을 내쉬었다.

'이해는 가지만······.'

CIA 입장에서는 아무리 거래하는 대상이 자기들에게 우호적이라고 해도 요원과 개인적인 친분이 생기는 걸 꺼리기에 종종 이렇게 담당 요원을 바꿔 버린다.

물론 필요에 따라서는 친밀성을 유도하기도 하지만 노형진의 경우는 거래 관계가 너무 확실하기 때문에 그럴 이유가 없었다.

"제가 궁금한 게 있습니다."

노형진의 말에 스미스라고 자신을 소개한 요원은 당연하다는 듯 말했다.

"중국입니다."

"네?"

"결국 중국이라는 거죠."

"저는 아직 질문을 하지 않았습니다만?"

"네, 하지만 답은 중국입니다."

그 말에 노형진은 눈을 찡그렸다.

그런 노형진의 시선을 느낀 건지 스미스 요원은 어떤 서류를 건넸다.

그걸 받아서 살펴본 노형진은 이를 악물었다.

"이걸 왜 말을 안 해 준 겁니까?"

"물어보지 않으셨으니까요."

"허, CIA에서 이딴 식으로 나올 겁니까? 진짜로 나도 물어보지 않는 건 알려 드리지 말까요?"

그 말에 스미스 요원은 아무 말도 하지 않았다.

"젠장, 돌고 돌아 중국이라니. 기가 막히네."

스미스 요원이 건넨 서류의 내용은 간단했다.

중국의 일대일로의 변질.

중국은 일대일로라는 정책으로 전 세계와 손잡고 그들의 경제력을 손아귀에 넣으려고 했다.

하지만 나중에 경제가 악화되어 그 나라들이 파산하고 사실상 중국의 속국이 되어서 국가 기간 시설을 빼앗기는 걸 알고 있었던 노형진은 그걸 막으려고 부단하게 노력했다.

노형진이 아프리카의 자립에 신경을 쓴 건, 그들의 자립이 중요하기도 하지만 그러지 못하면 중국에 영혼까지 다 털려서 사실상 경제적 속국이 되기 때문이었다.

'그랬는데……'

그래서 원래 역사와 다르게 일대일로는 충분한 효과를 발휘하지 못했다.

그러자 중국에서 방법을 바꾼 거다.

돈을 주고 권력자를 설득하는 게 아니라 쿠데타를 일으켜서 자기네 파벌이 권력을 잡게 하자.

사실 그게 쉽게 먹히고 싸게 먹히는 방법이지만 내정간섭 문제가 있기 때문에 잘 쓰지 않는다.

한때 미국도 그 방법을 썼지만 요즘은 그런 게 워낙 티가 많이 나다 보니 잘 쓰지 않으려 하는 게 일반적이다.

하지만 일반적으로 쓰지 않는다는 거지, 중국 입장에서는 신경 쓸 필요도 없는 일이었다.

대놓고 '작은 나라가 큰 나라에 대항하면 보복하겠다.'라고 떠드는 나라가 바로 중국이니까.

"무사 수칸은 중국의 지원을 받아서 쿠데타를 일으켰습니다. 충분한 숫자의 무기와 장비 그리고 자금을 지원받았죠."

"자금요?"

"그러지 않고서야 어떻게 중위가 다른 군인들을 설득하겠습니까?"

하긴, 틀린 말은 아니다.

고작 중위가 그 위의 다른 상위 계급을 모두 제치고 쿠데타 사령관이 된다는 건 말이 안 되는 일이다.

실제로 그 부분이 가장 의심스러웠고 말이다.

"그러니까 다른 군인들은 모두 돈으로 샀다?"

"군인뿐만이 아닙니다. 주변 국가에서 다수의 반군이 기니로 입국했다는 정보가 있습니다."

"미친 새끼들."

그러면 이 모든 게 이해된다.

기니의 군인들이 모든 정보를 통제하면서 반군의 입성을 도왔고, 그들은 현 정권을 뒤집어서 무사 수칸에게 권력을 주고 떠나 남은 군부는 피해를 전혀 입지 않고 권력을 잡았다는 소리니까.

"그 사실을 미국은 알고 있었고요?"

"내정간섭을 할 수는 없어서요."

'내정간섭은 개뿔.'

물론 이해는 한다. 그 사실을 알려 줄 이유는 없는 게 맞으니까.

기니의 전 정권은 친중 성향에 미국을 적대했다.

그런데 거기다 뭘 알려 준단 말인가?

"그러면 차라리 쿠데타 대신에 전 정권에 친위 쿠데타를 일으키라고 하면 되지 않았습니까?"

"전 정권의 대통령이 독재자이기는 하지만 멍청한 놈은 아니었거든요."

"그게 무슨 말입니까?"

"이미 중국이 마이스터의 자산에 대한 국유화를 요구했

습니다."

그 말에 노형진은 눈을 찡그렸다. 몰랐던 사실이니까.

그에 대한 정보를 알아내기 위해서는 직접적인 접촉이 필요했다.

"그런데 거절했나 보군요."

"기니에서 국유화가 실행되면 뭔 일이 벌어질지 전 대통령도 모르지는 않았겠죠."

아무리 친중 정권이라고 해도 마이스터가 자기 나라에 도움이 된다는 걸 모르지는 않았던 전 대통령은 국유화 요구를 거절했고, 그래서 중국은 자기 말에 따를 만한 사람에게 쿠데타를 저지르게 한 것이다.

아프리카의 쿠데타는 너무 흔해서 딱히 이상한 일도 아니니까.

"그리고 그 후에 국유화했다 이거군요."

"맞습니다."

"그러니까 이번 쿠데타의 실질적인 표적은 우리다?"

"겸사겸사죠."

중국은 아프리카를 집어삼키기 위해 많은 공을 들였다. 그런데 마이스터 때문에 안 되니까 아예 새로운 방법을 쓰기로 한 것이다.

한때 미국이 쓰던 방법을 말이다.

물론 미국은 그걸 후회하고 있다. 그로 인해 반미 세력이 더 강해졌으니까.

하지만 중국은 오로지 미국과 패권 전쟁을 할 생각에 빠져 있었고, 그 때문에 미국이 쓰던 전략을 쓰는 데 거리낌이 없었다.

"후우."

노형진은 기가 막혀서 말이 안 나왔다.

"타국에 자신들에게 친밀한 정권이 서면 유리한 게 많죠. 그래서 시도하고 싶어 하는 나라도 많습니다. 하지만 요즘은 그 방법을 쓰지 않죠."

스미스 요원은 아무런 감정도 없다는 듯 말했다.

"그 반작용이 너무 세거든요. 하지만 중국은 그런 반작용을 생각하지 않을 겁니다."

"없을 거라고 생각할까요?"

"그럴 리가요. 알 겁니다. 하지만 찍어 누를 수 있다고 생각할걸요."

하긴, 중국의 십수억 인구를 찍어 누르고 있는 중국 공산당 입장에서야 가난한 나라의 놈들을 탱크로 밀어 버리는 건 어려운 일이 아니라고 생각할 테니까.

"돌겠네. 다른 곳은 어떻습니까?"

"기니의 상황에 따라 달라지겠지요."

아프리카에는 가난하고 정치적으로 불안한 나라가 많다.

그런데 만약 기니에서 시도한 짓거리가 성공한다면?

중국은 다른 나라에서도 그 짓거리를 할 거다.

내전을 유도하든가, 아니면 외부에서 침략을 시키든가.

사실 후자의 가능성이 더 높기는 하다. 그래야 자신들이 컨트롤하기 좋으니까.

안전 마을을 아무리 만든다고 해도 그곳은 스스로 지킬 수는 있을지언정 대대적인 공격을 버틸 수는 없다.

애초에 안전 마을은 침략이 아니라 방어가 목적이기에 공격형 무기가 하나도 없다. 그나마 사거리가 긴 게 박격포 정도.

정부군이나 반군이 대포를 끌고 와서 쏴 대면 속절없이 두들겨 맞는 수밖에 없는 것이다.

"다음 목표는 시에라리온과 라이베리아겠군요."

"아마도요."

그들을 묶어서 하나의 세력을 만든 뒤 다른 나라를 침략하면? 그리고 그걸 중국이 지원한다면?

아마 아프리카 통일도 어려운 일이 아닐 거다.

일부 강성한 국가를 제외하고는 대부분 당할 테니까.

"그러면 미국도 더 이상 문제없다는 입장으로 남아 있지는 못할 텐데요?"

미국에서 소비하는 많은 자원이 아프리카에서 나온다.

그런데 그런 식으로 중국 정부에 의해 친중 정권이 세워지는 걸 가만두고 보지는 않을 거다.

"환장하겠네."

당연하게도 미국은 그걸 막기 위해 다른 세력을 지원할 테고, 그러면 아프리카 대륙 전역이 전쟁에 휩싸이게 될 거다.

'내가 그 꼴을 보려고 그렇게 거기에 공들인 게 아닌데.'

마이스터가 십수년간 이룩한 공장과 농지는 모조리 불탈 거다. 당연히 거기에서 나오는 식량으로 먹고사는 수십만 명이 아사 위기에 처할 거다.

'이러면 곤란한데.'

단순히 포기의 문제가 아니다.

왜냐하면 노형진이 아프리카에 뿌린 종자로 인해 그간 아프리카에 비싸게 팔 수 있었던 식량의 매출이 떨어지는 바람에 세계 식량 기업들이 생산량을 줄였기 때문이다.

그런데 러시아와 우크라이나 전쟁이 시작되면 전 세계의 식량이 터무니없이 부족해진다.

그리고 시기를 보면 아프리카 내 전쟁도 비슷한 시기에 발발할 가능성이 크다.

그러면 과연 얼마나 아사할까?

'최악의 경우 수천만 명이 아사할 수도 있어.'

큰 사건은 작은 결정에서 시작된다.

중국에서 수천만 명이 굶어 죽은 사건도 마오쩌뚱의 '저 새는 해로운 새다.'라는 말 한마디에서 시작된 제사해 운동 때문이 아니던가?

참새를 다 죽이자 해충이 급속도로 늘어나 곡식을 다 파먹으면서 심각한 기근의 한 축을 담당하게 된 것이다.

'이건 생각보다 심각해.'

노형진은 머릿속이 복잡해졌다.

'과연 이 상황을 어떻게 받아들일까?'

미국 정부는 분명 이미 어느 정도 정보를 알고 있었다. 그렇다면 그들이 가진 정보는 어디까지일까?

"식량이 부족하겠군요."

"아프리카가 전쟁에 휩싸인다면 그렇게 되겠지요."

"이러다 다른 문제라도 생기면 아사자가 정말 장난 아니겠네요."

"별일 없을 겁니다."

"그래요? 러시아에 대해서도 그렇게 생각합니까?"

노형진의 말에 스미스 요원은 무표정한 얼굴이 되었다.

하지만 그가 아무런 말도 하지 않는 것 자체가 증거였다. 지금까지 그는 최소한 노형진의 질문에 대답은 해 왔으니까.

'그렇겠지. 미국도 대충 러시아가 이상하다는 것쯤은 알고 있겠지.'

그럴 거다.

러시아가 과거에 우크라이나의 크림반도를 집어삼키고 난 후에 그걸 확전시킬 수 없어서 모른 척했다지만, 러시아에 대한 의심을 하지 않을 리가 없으니까.

분명히 러시아에 대한 감시를 엄청 늘렸을 테니 러시아 내부에서 부는 전쟁의 바람을 모를 리가 없다.

"어떻게 생각하십니까?"

노형진은 아무래도 정보를 흘려야 할 듯해서 스미스에게 슬쩍 물었다.

물론 정보를 주려는 의도보다는 이쪽도 전쟁에 무게를 둔다는 의견을 전달하려는 것 정도이지만, 이 정도만 해도 CIA는 심각하게 받아들일 거다.

그들도 마이스터의 정보력은 인정하니까.

물론 그걸 대놓고 티를 내지는 않았다. 마치 지금의 스미스 요원처럼 말이다.

"뭘 말입니까?"

"이 상황에서 러시아가 우크라이나를 침략한다면 과연 어떤 피해가 발생할까요?"

그 말에 스미스는 눈을 살짝 찡그렸다.

물론 그는 높은 직급이 아니기에 결정을 내릴 권한은 없다. 하지만 노형진이 한 말은 분명 위로 올라갈 거다.

"아마도 전 세계에서 수천만 명 단위의 아사자가 나오겠네요."

아무리 아래에서 일하는 일반 요원이라 해도 정보 분석 능력을 갖추고 있었던 스미스 요원은 노형진이 의도하는 대답을 내뱉었다.

"심각하군요."

수천만, 최악의 경우 억 단위의 사망자가 나올 거다.

전쟁 중에 코델09바이러스에 대한 방역이 이루어질 리가 없으니까.

그리고 전쟁 중인 국가가 과연 방역용품이나 코델09바이러스 백신을 살까?

아마 그걸 살 돈으로 총알이나 한 발 더 사려고 할 거다.

"조심하십시오."

노형진의 생각이 많아지는 듯하자 스미스 요원은 약간 경고 조로 말했다.

"기업이 할 일이 있고 국가가 할 일이 있는 법입니다. 로보캅은 현실에서 벌어지면 안 됩니다."

〈로보캅〉은 기업이 국가를 대신해서 지배하는 도시가 배경인 영화다.

즉, 노형진이 혹시라도 무력을 이용해 끼어들까 저어해 경고하는 거다.

"글쎄요. 저도 그러고 싶지 않군요."

진심이었다.

하지만 국가란 조직이 이런 걸 막을 생각도, 막을 권한도 없기에 노형진은 절로 한숨만 나올 뿐이었다.

조직의 한계들

　노형진은 해당 사실을 바로 다른 직원들과 공유했다. 그리고 그 이야기에 다들 심각한 얼굴이 되었다.

　비록 러시아와 우크라이나 전쟁에 대해서는 모른다고 해도, 당장 아프리카에서 전쟁이 벌어지면 수백만 명이 굶어 죽게 되기 때문이다.

　–안전 마을을 대대적으로 늘려야 하지 않을까요?

　워낙 비상 상황이기에 온라인 회의임에도 불구하고 분위기는 무척이나 가라앉았다.

　각자 제시하는 해결책도 딱히 마땅한 게 없었다.

　"무리일걸요. 일단 돈도 돈이거니와 아프리카의 현재 교육 수준을 생각하면 애매합니다."

안전 마을을 만든다고 해서 식량이 갑자기 생기는 건 아니다. 그리고 안전 마을은 자기방어를 위해 명백하게 한정된 사거리의 무기만을 소유한다.

"로버트 대표의 말이 맞습니다. 전쟁이 일상화되면 무기 수준이 지금과는 비교할 수 없을 정도가 될 텐데, 그러면 안전 마을을 방어하지 못해요."

헬기야 지대공미사일로 어떻게 방어가 가능하다. 하지만 아무리 구닥다리라도 전투기는 전투기다. 지대공미사일로 방어하는 데에는 한계는 명확하다.

거기다가 아무리 구형이라고 해도 대포라도 가지고 오면 저항은 절대 불가능하다.

"그리고 전쟁이 터지면 그때는 난민의 숫자가 더 늘어날 겁니다."

아무리 마이스터가 돈을 많이 번다고 해도 현실적으로 그들을 모두 공짜로 먹여 살릴 수는 없다.

그렇다고 작물을 키우자니 보호구역 내에 심을 수 있는 작물의 한계가 명확하다.

밖으로 나가서 심으면 군대가 와서 약탈한다고 해도 저항할 수가 없다.

안전 마을의 무기는 기본적으로 방어용이라 이동이 불가능하니까.

"그리고 그간 반군의 전략을 본다면, 이쪽에서 맞서 싸우려 할 경우 농장을 불태워 버리겠지요."

노형진의 말에 다들 자신도 모르게 고개를 끄덕거렸다.

실제로 그런 반군들이 제법 많았으니까.

―중립을 이야기하면 어떨까요?

"힘들지요."

설사 중립을 선포한다 해도 소년병까지 끌어다가 싸우는 아프리카의 현실상 그게 먹힐 리가 없다.

―차라리 한쪽의 편을 드는 건 어떨까요?

"누구요? 미국?"

―중국은 무리이지 않을까요?

아무리 그래도 누군가의 편을 들어야 한다면 중국보다는 미국이 될 수밖에 없다.

"그것도 힘들 겁니다."

―어째서요?

"대리전입니다. 중국과 미국이 싸우는 게 아니라요. 그들은 절대로 전쟁터에 들어오지 않을 겁니다. 그에 반해 우리는요?"

―아…….

"그래 봤자 우리는 대리전의 한 축을 담당하는 꼴밖에 안 될 겁니다."

정확하게는 안전 마을이 일종의 미국의 군사기지 취급을 받을 거다. 그리고 중국의 지원을 받은 나라는 신나게 두들겨 패겠지.

"그렇다고 안전 마을을 군사기지화할 수도 없고."

돈도 돈이지만 민간인을 훈련시켜 무장시키는 순간 그건 더 이상 마을이 아니게 된다.

당연하게도 마이스터는 전 세계적으로 군사 기업 취급을 받게 될 수밖에 없다.

−우리를 지켜 줄 제3 세력을 키우는 건 어떨까요?

"그래 봤자 이파전에서 삼파전이 될 뿐입니다. 그리고 우리는 그걸 유지할 수 있는 힘이 없어요."

아무리 이쪽에서 무기를 공급해 준다고 해도 전면전에서 쓸 수 있는 무기에는 한계가 있을 수밖에 없다.

당연하게도 그걸 일반 시장에서 공급하는 건 불가능하다.

어떤 나라도 수출해 주지 않을 테니까.

당장 한국만 해도 자위를 조건으로 탱크의 구입을 협상하고 있는 상황이다.

설사 이쪽에서 구입했다고 해도 그 나라에서 수출을 막아 버리면 답이 없다.

"그건 중국도, 미국도 마찬가지일 겁니다."

두 나라의 무기 체계는 너무나 확실하게 차이가 난다.

그러니 그들은 처음에는 자기네 무기를 지급하지 않을 거다. 그래야 자신들이 전쟁과 관련이 없다고 주장할 수 있을 테니까.

"결국 중국과 미국에서 가장 먼저 공급할 수 있는 무기는 암시장의 무기죠."

국적을 특정할 수 없는 구형 무기들.

특히 미국은 더 그럴 거다.

왜냐하면 과거 타국에 최신식 무기를 공급했다가 그걸로 뒤통수를 엄청나게 맞았기 때문이다.

그에 비해 중국제 무기는 어차피 국제 암시장에서 엄청난 양이 나돌기 때문에 중국이 아니라고 우기면 증명할 방법이 없다.

"돌겠네, 기업의 한계가 있다 보니."

"그건 국가도 마찬가지입니다."

기업으로서 마이스터는 무력의 행사에 제한이 명백하다.

사실상 안전 마을이나 세계복지재단은 자위 수준에서만 무장이 가능하며, 이런 본격적인 무력 분쟁에서는 저항을 못 한다.

"그렇다고 국가가 나서서 뭘 해 주는 것도 아니지 않습니까?"

"그것도 그렇지요. 사실 국가도 국가로서의 한계가 있으니까요."

섣불리 끼어들면 내정간섭이라는 말이 나오기에 각 국가는 다른 나라의 행동을 컨트롤하는 걸 부담스러워한다.

상대방이 아무리 소국이라 해도 내정간섭은 국제적으로 상당한 결례에 해당하기 때문이다.

중국이야 그런 건 전혀 신경 쓰지 않을뿐더러 다른 나라는 다 자신들의 속국이라고 생각하기에 뻔뻔하게 그럴 수 있겠지만, 최소한 상식이 있는 나라들이라면 상대방이 아무리 가난한 나라라고 할지라도 섣불리 그럴 수는 없다.

만일 그렇지 않았다면 이미 강대국이 아프리카 대부분의 나라들을 집어삼키고도 남았을 거다.

아프리카의 무력은 일부 국가를 제외하고는 현대전에서 의미 없는 수준이기 때문이다.

─유엔에서 뭐라고 하지 않을까요?

누군가의 물음에 노형진은 눈을 찡그렸다.

"유엔은 뭐, 무용지물 아닙니까? 최근, 아니 수십 년간 유엔이 해결한 전쟁이 뭐가 있는지 한번 이야기해 보세요."

─…….

실제로 유엔은 이제 무용지물이다.

국제적인 분쟁의 경우는 안전보장이사회의 결정에 따르는데 미국과 중국은 상임이사국이다.

그들이 과연 자신들에게 불리한 조건에 동의해 줄까? 그럴 리가 없다.

─크림반도 때도 그 꼴이었는데, 사람들이 관심도 없는 아프리카 전쟁은 더더욱 그렇겠지. 거기에서 전쟁이 난 게 하루 이틀 문제도 아니고.

당장 WHO도 중국의 돈을 받고 '코델09바이러스의 예방과 방역에 관해 중국에 감사해야 한다.'라는 소리를 지껄이는 판국에 유엔에 과연 뭘 기대할 수 있겠는가?

"기업이라……."

고민을 하던 노형진은 그 말을 듣고 문득 드는 생각이 있었다.

암시장. 어두운 세계.

"우리가 암시장에 진출할 수는 없습니까?"

"네?"

"암시장 말입니다, 우리가 암시장을 컨트롤할 수는 없습니까?"

-그게 무슨 말씀이십니까? 왜 그런 짓을 합니까?

"암시장에서 유통되는 무기의 수준이 어떻게 되죠?"

-…….

그 말에 아무도 말을 못 했다.

하긴, 여기에 있는 사람들은 암시장과 거래한 적이 없으니까.

안전 마을을 만들던 초반에는 잠깐 암시장을 이용했지만 나중에 안정화되고서는 무기 업체들과 정식으로 거래했다.

유럽이나 미국도 그런 거래를 막지 않았는데, 안전 마을에서 난민들을 흡수하면서 난민 문제가 줄어들어 자국의 치안이 훨씬 좋아졌기 때문이다.

"아무래도 이건 전문가와 이야기해 봐야겠네요."

-아는 분이 있으십니까?

"있죠. 아마 제법 잘 알 겁니다."

노형진은 요즘 남상진을 자주 만나게 된다고 생각하면서 그렇게 대답했다.

⚖️

"암시장?"

"그래. 우리가 컨트롤할 수는 없지?"

"그건 미국도 못해."

"그래도 최소한 거기를 통해 원하는 세력에 무기가 흘러가게 할 수는 있지?"

"그건 어렵지 않지."

"그러면 그 수준은 어느 정도인데?"

노형진의 질문에 남상진은 눈을 찡그렸다.

이해가 되지 않았으니까.

암시장은 노형진이 가장 싫어하는 곳 중 하나다.

부정할 수 없는 존재감 때문에 필요하면 이용하기는 하지만, 그곳에서 유통되는 무기들은 누군가를 죽이기 위한 것이기 때문이다.

그런데 그런 노형진이 암시장에 관심을 보이다니.

"설마 진짜로 전쟁상인 노릇이라도 해 보려고?"

"그렇게 해서 더 이상의 피해를 막을 수 있다면."

"더 이상의 피해?"

"사실은 말이야, 내가 별로 반갑지 않은 정보를 들었어."

노형진은 남상진에게 중국의 현재 상황을 이야기했다.

이야기를 모두 들은 남상진은 눈을 찡그렸다.

"어쩐지 이상하다 싶었어."

"뭐가?"

"최근에 중국제 물건이 암시장에 엄청 풀렸거든."

"중국제?"

"그래. 그리고 그게 아프리카 군벌로 흘러갔는데……."

"흔한 일이잖아?"

"무기 거래야 흔하지. 그런데 총이 아니라 MBT라고 하면 이야기가 달라지지."

"MBT?"

"메인 배틀 탱크의 약자. 쉽게 말해서 주력 전차."

남상진은 눈을 찡그리며 말했다.

그 또한 무슨 일이 생기는 것 같다는 감은 있었지만, 설마 이런 일이 벌어지고 있을 줄은 몰랐다.

"중국에서 퇴역한 88식 전차가 갑자기 암시장에 풀리더라고."

"그래?"

"그것뿐만이 아니야. 70식 자주포도 나오더라니까."

"그게 뭔데?"

"중국에서 만든 최초의 자주포. 말이 자주포지 그냥 평사포에 가깝지만. 거기다가 60식 곡사포도 나왔으니까."

"60식 곡사포?"

"그래, 그것도 중국산이야. 죄다 퇴역한 물건이고."

평사포는 곡사포에 비해 각도가 낮지만 직사포에 비하면 높은 물건이다.

대표적인 직사포가 바로 탱크고, 곡사포는 대부분의 대포나 자주포다.

"앞에 붙는 숫자가 심상치 않은데?"

그도 그럴 게 중국이나 일본은 자신들이 그걸 개발한 시점의 숫자를 붙여서 분류하기 때문이다.

쉽게 말해서 70식 자주포는 70년대 개발해서 쓰던 놈들이라는 소리다. 당연하게도 60식 자주포는 60년대 물건이고.

"그래도 쓸 만은 하지. 물론 아프리카 기준으로는 말이야."

"그렇겠군."

"가장 큰 문제는, 원래 그런 건 거의 팔지 않는다는 거야."

"안 판다고?"

"암시장이 뭐 도떼기시장인 줄 아냐? 진짜 위험한 물건 팔았다가는 다 좆 되는 거야."

남상진은 심각한 얼굴로 말했다.

"암시장에서 박격포나 장갑차, 하다못해 구형 탱크는 팔지만 자주포나 대포는 거래하지 않아. 왜 그런 것 같아?"

"글쎄."

"거래하면 주요 국가에서 가만두지 않거든."

다른 무기들? 사실 그들에게는 위협이 되지 않는다.

물론 피해를 줄 수야 있겠지만 유의미한 피해가 되지는 않는다.

박격포는 사거리가 짧고 대전차무기나 지대공 무기들은 방어용이다.

"이슬람 문명권에서 왜 한국 트럭들을 수입해서 개조해서 로켓을 쏘는데? 돈이 넘쳐서? 그럴 리가 없지."

"어, 그러게?"

생각해 보면 이슬람이 그런 무기 암시장의 주요 고객인데 그들이 쓰는 무기라고 하면 트럭에서 쏘는 로켓을 생각하지, 아무리 구형이라 해도 대포를 생각하지는 않는다.

"치고 빠지기 위한 것도 있지만 애초에 암시장에서 아무리 구형이라고 해도 사거리가 긴 무기들은 거래하기 힘들어. 주요 국가에서 엄청나게 관리하거든."

로켓은 만들기도 힘들고, 대량생산은 더더욱 불가능하다. 비싸니까.

그래서 트럭을 개조해서 로켓을 쏴도 그다지 많이는 못 쏜다.

그에 비해 대포는? 사거리도 긴 데다 싼 가격에 포탄을 엄청나게 쏠 수 있다.

안 맞았다? 그러면 맞을 때까지 쏠 수 있다.

당연히 피해가 엄청나게 커진다.

"구형 탱크나 장갑차야 현실적으로 주요 국가에 위협이 안 돼."

어디 평화 유지군 같은 데에 밀어 버리겠다고 끌고 가 봐야 대전차미사일의 밥이다.

실제로 그것 때문에 주요 군벌이 안전 마을을 공격해 오지 못한다.

탱크로 밀자니 접근도 못 하고, 보병으로 밀자니 중기관총이 설치되어 있기 때문이다.

"그에 비해 대포는 아니니까."

죽어라 쏴서 피해를 입히고 도망간다? 그러면 잡기도 힘들다.

더구나 대포는 다른 무기들에 비해 가격이 비싼 것도 아니다. 특히 퇴역한 놈들은 헐값이나 마찬가지다.

그리고 퇴역한 놈들의 포탄은 전 세계에 널리고 널렸으니까.

"그래서 그런 장거리 무기나 상대적으로 위험한 무기는 암시장에서도 엄청 조심해. 전투기도 마찬가지고."

"흠."

그제야 노형진은 남상진이 왜 그런 말을 했는지 알 것 같았다.

"그런 무기는 제한이 많다 이거지?"

"그래. 물론 아예 없는 건 아니지만 유통량이 많은 건 절대 아니거든. 그런데 최근에 갑자기 늘었어."

특히나 중국산 퇴역 장비들이 엄청나게 늘어났고, 그게 아프리카로 흘러가기 시작했다는 소리다.

"그게 위협적인가?"

"위협적이지. 기니에서 운영하는 전차가 T-34 전차던가? 그게 다른 나라에서 전차 취급이나 받겠냐? 그나마 최신식이 T-55 전차인데, 그것마저도 숫자는 적고 현대전에서는 탱크는커녕 장갑차만 만나도 처발릴 거다."

농담이 아니다. 요즘은 장갑차에 대전차미사일 하나 다는 건 일도 아니니까.

"그런 거니까 유통되지. 그런데 장거리 사거리를 갖춘 자주포? 이건 이야기가 달라."

구형이라고 하지만 최대사거리가 11킬로미터 정도.

그 정도면 헬기가 없는 아프리카에서는 거의 깡패라고 봐도 무방한 수준이다.

남상진의 설명을 듣던 노형진이 슬그머니 물었다.

"그러면 그걸로 전쟁이 터지면 중국이 범인이라고 해야 하나?"

"그게 지랄 같은데 말이지."

노형진의 말에 남상진은 눈을 찡그렸다.

"그거, 생각보다 많이 팔린 물건이야."

뜻밖의 사실에 노형진의 눈이 휘둥그레졌다.

"뭐? 그딴 걸 누가 사 가?"

"가난한 나라가 한둘이냐?"

중국은 전 세계 주요 무기 수출국 중 하나다.

무시할 게 아니다.

그들의 무기는 성능이 아주 뛰어나다고는 할 수 없지만 그 대신 싸다.

특히 이런 구형 무기들은 동시대 무기끼리 비교하면 미국산 하나 살 수 있는 가격으로 중국산을 대여섯 개씩 구입할 수 있다.

"우리나라가 전면전을 생각하고 군대를 키우니까 이게 정상이라고 생각하는 모양인데, 한국이 비정상이야, 엄밀하게 말하면."

한국이 동북아시아에서는 그냥 약해 빠진 종이호랑이지만 아프리카에서는 최강국이고, 유럽과 비교해도 다른 나라들과 일전을 겨룰 만큼 무기가 많은 나라다.

"고만고만한 놈들끼리 어쩌겠어?"

"끄응."

무장은 해야 하는데 돈은 없고, 좋은 걸 사기에는 부담되고. 그럴 때 선택 가능한 무기는 러시아제 아니면 중국제뿐이다. 그런데 가격은 러시아보다 중국산이 더 싸다.

"그래서 이런 무기들은 가난한 나라에 많이 풀렸어. 중국 무시하지 마. 그놈들, 전 세계 4위의 무기 수출국이야."

그 말에 노형진은 눈을 찡그렸다.

그 말은 그 무기들이 추적된다고 해도 중국에서 '나는 모른다. 벌써 수십 년 전에 팔아넘긴 무기를 내가 어떻게 아냐.'라고 둘러대면 그만이라는 소리였기 때문이다.

"이런 무기들을 중국에서 관리할까?"

"죄다 퇴역한 물건들이야. 어딘가에 짱박혀 있던 걸 꺼낸 거겠지. 그리고 쓸 만하게 고치고는 팔아먹은 거지."

노형진은 남상진의 말을 들으면서 왠지 등골이 오싹했다.

남상진이 브로커이기는 하지만 전 세계 무기 암시장의 큰손은 아니다. 그런 그조차도 알 정도라면 미국이 모를까?

"혹시 미국산 무기들도?"

"뭐, 미국이 대놓고 팔지는 않지. 하지만 정체 모를 장거리 무기들이 슬금슬금 나오기는 하더라."

"그건 추적 불가능하지?"

"추적? 미국 새끼들 모르냐? 그 새끼들은 이송비가 더 든다고 현지에다가 무기를 버리고 나오는 새끼들이야."

확실히 그렇다.

그래서 미국의 적성국들이 미국의 무기로 무장한 경우가 무척이나 많았다.

'하긴, 역사적으로 보면 얼마 후에 있을 아프가니스탄 철수에서도 그랬지.'

미국이 철수를 결정할 때 그곳의 무기를 가지고 올 능력도 없었을까?

아니다. 얼마든지 가지고 올 수 있었다.

패배해서 물러난 게 아니라, 그냥 돈도 안 되고 전쟁이 끝날 것 같지 않아서 손 털고 나온 거니까.

그런데도 미국은 그곳에 엄청난 숫자의 물자를 두고 왔다.

공식적으로야 자기들이 나간 후에 아프가니스탄 정부군더러 쓰라는 명목이었지만, 사실은 가지고 나와서 관리하는 게 더 돈이 들 것 같아서였다.

나중에 알려진 바에 따르면 아프가니스탄에 버리고 온 무기의 양이 한화로 9조 원어치다.

심지어 전투기와 헬기까지 있었다.

사용 불능 처리도 제대로 하지 않아서, 나중에 탈레반이 그걸 고쳐서 다시 썼다나?

문제는 그런 미국이라 전 세계에 미국이 버린 구형 무기가 넘쳐 난다는 거다.

즉, 전쟁이 나도 미국 입장에서는 '우리는 무기를 준 적이 없는데?'라고 해 버리면 그만이라는 소리다.

"환장하겠네."

노형진은 쓰게 웃었다.

역시나였다. 지금 중국과 미국은 아프리카에서 대리전을 하고 싶은 거다.

"그걸 막아야 하냐? 이거 돈이 될 텐데."

"돈이야 되겠지. 하지만 그 대신 엄청난 숫자의 사람들이 죽어 나가겠지."

그걸 알기에 노형진은 이 싸움을 놔둘 수가 없었다.

"그러면 어쩔 건데? 네 입으로 그랬잖아, 기업으로서는 할 수 있는 게 없다고. 한국에 끼워 달라고 하려고?"

"그럴 수는 없지."

한국은 휴전 국가다. 병력을 빼서 남의 나라의 평화를 유지할 여력이 없다.

그리고 설사 참전하려 한다 해도 중국이 가만히 두고 볼 리가 없다.

"그러니까 자본가답게 해결해야지."

"자본가답게?"

"그 무기들을 유통할 때 거래처가 있어?"

"없지, '공식적'으로는."

하지만 외부에서 살 놈들이 대충 결정되어 있을 거다.

"아마도 그 무기들은 무사 수칸 그놈이 사겠지."

그걸 통해 자신의 무력을 증대하고 그 후에 다른 나라와의 전쟁도 준비할 거다.

"최악의 경우는 두 나라의 전쟁이 될 수도 있으니까."

"그건 그렇지."

인간은 힘을 가지게 되면 쓰고 싶어 한다. 그건 수천 년에 달하는 인간의 역사에서 드러난 사실이다.

그러니 중국의 지원을 받는 무사 수칸이 그 무기들을 손에 넣게 된다면? 아마도 바로 아래에 있는 시에라리온으로 쳐들어갈 가능성이 크다.

시에라리온은 탱크도, 배도, 전투기도 없기 때문이다.

그리고 시에라리온은 전 세계에서 가장 유명한 다이아몬드 산지 중 하나다. 애초에 내전이 그 수익 문제로 벌어진 것일 정도로 말이다.

"그러니까 방법을 바꿔야지."

"반군에 무기라도 공급하려고? 물론 그것도 괜찮은 생각이긴 한데, 솔직히 그러면 중국에서 가만있겠어? 걸리는 한이 있어도 무기를 더 공급할걸. 그리고 말했잖아, 의외로 중국 무기들이 공급된 곳이 많아."

그 말에 노형진은 고개를 끄덕거렸다.

"알아. 반군에 공급하면 결국 다시 한번 전쟁이 벌어지겠지."

노형진은 전쟁을 피하고 싶어서 이러는 거다.

그런데 전쟁을 일으키고 싶어 하는 반군에 무기를 공급한다?

그럴 수는 없다.

"그러면 어쩌려고?"

"간단해. 민간 군사 기업을 세울 거야."

"민간 군사 기업? 그, 네가 만든 인디언 군사 기업 같은 거?"

"비슷하지만 좀 더 적극적인 거지."

인디언들을 받아들여서 만든 민간 군사 기업은 현재 여러 곳에서 일하고 있다.

하지만 그들의 업무는 어디까지나 경호를 기반으로 한다. 외부의 전쟁은 그들 소관이 아니다.

"그러면 뭘 어쩌겠다는 거야?"

"옛날에 어떤 소설을 봤는데, 용병들의 길드라는 곳이 커지니까 귀족이나 왕국도 손대지 못하더라고."

"어떤 걸 봤는지는 알겠지만 그건 그냥 소설이잖아. 그게 현대에 맞겠냐?"

그러자 노형진이 어깨를 으쓱했다.

"물론 다른 나라라면 턱도 없지."

국가를 뛰어넘는 무력? 애초에 그걸 용납할 나라는 없다. 정상적인 국가라면 말이다.

"그런데 아프리카 국가들을 정상적인 국가라고 볼 수 있나? 애초에 기니나 시에라리온이 정상적인 국가야?"

"당연히 아니지. 말이 국가지 그 새끼들은 그냥 강도 수준이야."

"그런데 거기에 균형 추 역할을 할 수 있는 용병 집단이 있다면 어떻게 되겠어?"

"그거야…… 음?"

그 말에 남상진은 순간 느낌이 왔다.

강력한 무기를 가진 내부 세력. 그런데 그들을 적대할 수는 없는 상황이라면?

"포섭하겠지."

"맞아. 최소한 적으로는 두지 않으려고 하겠지."

"설마 그 군사 기업이……?"

"불가능할까?"

예를 들어 강력한 무기를 가지고 있는 군사 기업이 존재하고 그들이 한 국가의 무력을 능가한다고 치자. 그런데 그들이 침략자를 대신해서 수비자인 국가에 돈을 받고 방어해 준다면?

"우리가 무기를 산다고 하면 무사 수칸이 시에라리온을 침략할 가능성은?"

"뭐, 그 민간 군사 기업의 파워에 따라 달라지겠지만 장거리 무기를 소유했다면 사실상 턱도 없지."

이쪽에서는 드론을 띄워서 적의 위치를 파악하고 포탄을 처바르면 그만니까.

이미 새론은 미래를 위해 한국에 드론 공장을 세웠다. 현재 한국 정부와 드론 납품에 대해 이야기 중이었다.

한국 군부가 워낙 미래전에 대한 개념이 없어서 드론이 얼마나 중요한지도 모르고 드론 전문가들을 찬밥 대우해서 퇴직당하게 만드는 지경인지라 어쩔 수 없이 한 것이긴 하지만, 그것만으로도 전쟁에서 쓸 만한 드론은 충분히 생산할 수 있다.

"드론으로 감시해서 때려 버리면 기니에서는 처발리는 수밖에 없겠는데."

대포병 사격? 애초에 대포가 없는데 무슨 대포병 사격을 한단 말인가?

설사 대포가 있다고 한들 대포병 사격을 할 정도의 계산 능력을 갖춘 인재가 없다. 대부분의 사람들은 글도 제대로 못 읽는 상황이니까.

"병력은 어디서 구하게?"

"어차피 안전 마을을 지키기 위한 인원들이 있어."

그들을 줄이고 무장을 강화하면 된다.

마을 하나하나의 방어력은 좀 줄어들지도 모르지만 마을의 뒤에 있는 무장 세력이 강해지는 만큼 건드리기는 더욱 껄끄러워질 거다.

건드리는 순간 자기 머리 위로 포탄이 우수수 떨어질 테니까.

이쪽이 포탄을 제압할 능력이 없는 것처럼 저들 역시 포탄을 제압할 능력은 없다.

"수익은 어쩌려고?"

"평소에는 단순히 방어 업무만 하면 되지. 솔직히 그렇잖아. 각 나라에 포병 병력 하나씩만 주둔시켜 줘도 아프리카 국가들의 방어 전력이 확 늘어날 텐데."

현실적으로 돈을 많이 들여서 현대전 무기를 살 수는 없지만 현대전 무기를 사용하는 병력을 용병으로 고용할 수는 있다.

"흠…… 가능하기는 할 것 같은데."

"원래 역사를 보면 한 나라의 방어를 외부 세력이나 업체에 맡긴 경우는 많아."

오죽하면 스위스 용병이라는 말이 유명해졌겠는가?

그들은 의뢰를 받으면 목숨을 걸고 수행했기 때문이다.

"구형 무기 몇 개 사서 식량 공급을 원활하게 할 수 있다면 남는 장사지."

노형진의 말에 남상진도 고개를 끄덕거렸다.

"이런 건 상상해 본 적도 없는데. 그런데, 그러자면 무기를 좀 좋은 걸로 사야 할 텐데?"

슬슬 자기가 나설 시간이 되자 슬쩍 가격을 올리려 드는 남상진.

"설마 진짜로 중국산을 살 건 아니지? 그거 사거리 11킬로다."

"그럴 리가. 미국산 있지?"

"넘치지. M-198 곡사포 매물도 좀 있고."

남상진은 그렇게 말하며 눈을 살짝 찡그렸다.

아무리 퇴역 장비라지만 그런 걸 판매하면 미국이 알아챌 것 같았으니까.

아마도 슬쩍 반중국 라인에 넘기고 싶을 것이다.

"그러면 우리가 그걸 더 많은 돈을 주고 사면 되겠네."

노형진은 확신을 가지고 말했고, 그걸 보면서 남상진은 미소를 지었다.

"자본주의 만세네, 씨팔. 하하하하."

⚖

누군가는 그런다, 자본주의는 잔인하다고.

하지만 노형진은 다르게 생각한다.

자본주의는 법과 마찬가지로 무기라고.

누가 휘두르느냐에 따라 결과가 달라진다고.

만일 진짜로 자본주의가 잔인하기만 했다면 아마도 최후의 승자는 자본주의가 아니라 공산주의였을 것이다.

하지만 자본주의는 승리했고 공산주의는 실패했다.

그렇기에 그 자본주의를 좀 더 잘 쓰는 것이 노형진의 목표였다.

물론 전쟁이라는 변수는 솔직히 전혀 생각해 보지 못한 일이었지만 말이다.

"무기 암시장에는 별의별 게 다 있지."

당연히 노형진은 암시장이 어딘지, 그리고 어떻게 거래가 이루어지는지 따위는 모른다.

회귀 전에 경험이 풍부했다고 해도 상식적으로 일반인이 무기를 거래할 일은 없으니까.

"그리고 그런 물건들의 값어치는 비싸지."

노형진은 안으로 들어가면서 기가 막혔다.

"한국에 암시장이 있다고?"

"정확하게는 모여서 지내는 거지. 한국은 살기 좋거든."

"그게 그렇게 단순한 문제야?"

"진짜로 말해서? 단순한 문제 맞아. 그 이유도 맞고."

남상진이 노형진을 데리고 간 곳은 강남 한복판에 마련된 파티장이었다.

호텔을 빌려서 열린 파티. 그곳에서 무기 딜러들을 만나기로 했다면서 말이다.

노형진은 파티장으로 발걸음을 옮기며 기가 막힌 표정으로 남상진에게 물었다.

"아니, 이걸 정부에서 알아?"

"알지, 모르겠냐? 뭐, 모르는 것도 있지만. 알잖아? 어딜 가나 눈 가리고 아웅이라는 거."

"거참."

"설마 영화에서처럼 막 시장에 AK소총이랑 RPG-7 같은 걸 가져다 파는 줄 알았냐?"

"뭐, 영화에서 본 암시장의 이미지는 그런 거긴 하지. 그렇게 팔지는 않을 거라고 예상했지만."

그래도 설마 한국 한복판에서 이렇게 대놓고 파티를 하면서 유유자적 움직일 줄은 몰랐다.

"원래는 대부분 일본에 살았지. 그런데 발전소가 터져 나간 후에 옮겨 온 거야."

그 말에 노형진은 쓰게 웃었다.

무기를 파는 죽음의 상인들이 방사능을 피해서 한국으로 거처를 옮겼다는 사실이 웃겼기 때문이다.

"누구인들 자기 목숨은 안 아깝겠냐?"

"끄응, 그건 그렇지."

실제로 일본의 주요 정치인의 가족들은 다른 나라로 엄청나게 이주한 상황이다.

정치인도 그 지경인데 하물며 애국심이라고는 없는 브로커가 과연 방사능을 감수하면서도 일본에서 살려고 할까? 일본이나 한국이나 거래하는 건 똑같은데?

"그런데 용케 중국이나 다른 동남아 국가로는 안 갔네?"

"위험하니까."

"위험하다고?"

"무기를 팔아먹는 입장에서는 위험하지."

중국의 경우는 국가의 권력이 너무 강해서 법과 변호사를 이용해서 자신을 지킨다는 것 자체가 불가능하다.

만일 잡혀 들어가면? 아마 죽을 때까지 고문당하고, 벌어둔 돈은 다 토해 내고, 자신과 가족의 장기는 누군가의 장기로 팔려 나갈 거다.

"동남아 같은 경우는 고객들이 많으니까."

"무슨 소리인지 알겠네."

거기에 무기를 팔아먹는 놈들이니 거기가 얼마나 위험한지 알고 있다는 거다.

과거에 한국의 터널을 공사한 사람이 그러지 않았던가? 본인이 만든 터널이지만 자신은 그 터널에 절대 들어가지 않는다고.

왜냐하면 아주 개판으로 공사하는 걸 두 눈으로 똑똑하게

봤기 때문이다.

이들도 마찬가지다.

동남아의 반군이나 부패한 집단이 주요 거래처인 만큼 그들이 뒤에서 어떤 음험한 짓을 하는지 알기에 그 나라의 치안에 확신을 못 가진다는 소리다.

"그래서 이쪽 아시아에서 브로커들이 모여 사는 곳이 한국인 거지."

"웃기네, 진짜."

"거기서는 그렇게 웃지 마라."

"안 웃어."

노형진은 쓴웃음을 지으면서 남상진과 파티장으로 들어갔다.

휘황찬란한 파티장. 그곳에서는 담소가 즐겁게 오가고 있었다.

"오, 남상진 씨 아니오? 오랜만이오?"

"다들 잘 지내셨습니까?"

"뭐, 그럭저럭."

모여든 사람들을 보면서 노형진은 속으로 혀를 끌끌 찼다.

미국인부터 일본인, 그리고 심지어 한국인까지 온갖 사람들이 다 있었던 것이다.

"사람이 많네."

"오늘 파티에는 무기 브로커들만 모이는 게 아니라 브로커란 직업 자체를 가진 사람이 필요하니까."

남상진은 노형진에게 목소리를 낮추며 경고했다.

"다들 조심해. 호락호락하지 않으니까."

"내가 바보인 줄 아냐?"

사업하다 보면 이런 놈들보다 더하면 더했지, 결코 덜하지 않은 놈들과 부딪치게 된다. 그랬기에 노형진은 전혀 겁먹지 않았다.

"특히 저기 저 아줌마 조심해라."

"누구?"

"저기 빨간 드레스 입은 아줌마."

"아줌마?"

노형진은 그 말에 고개를 갸웃했다. 아줌마치고는 상당히 젊어 보였기 때문이다.

나이는 20대 후반이나 될까?

"나이가 40대 중반이 넘어. 이쪽 바닥에서는 유명해. 린다 정이라고."

"잠깐, 그 소문의 린다 정?"

린다 정. 실명은 모른다.

하지만 정치판에는 그런 말이 있다. 린다 정을 통하면 뭐든 할 수 있다. 원한다면 대통령도.

물론 정말로 그럴 수는 없을 테지만, 그만큼 영향력이 강하다는 소리였다.

"그래, 저 여자. 자기 젊음을 유지하려고 혈액 교체도 한다더라."

"와, 미친?"

혈액 교체란 쉽게 말해서 몸 안에 있는 혈액을 다른 사람의 것으로 바꾸는 행위다.

나이 먹은 사람이 젊은 사람의 피를 수혈받는 행위를 뜻한다.

북한의 김씨 일가가 받는 시술이기도 하고, 실제로 어느 정도 노화 예방에 효과가 있다는 연구 결과도 있다.

하지만 해당 행위는 불법이다.

애초에 해당 연구 결과도 쉬쉬한다. 그 사실이 알려지면 너도나도 젊은 사람의 피로 바꾸고 싶어 할 테니까.

"소문치고는 흉악한데?"

"단순히 소문이라고 생각해?"

노형진의 말에 남상진이 쓰게 웃었다.

"대포도 파는데 피라고 좀 못 사겠냐?"

"거참."

그 말에 노형진은 혀를 끌끌 찼다.

확실히 그렇기는 하다. 세상에 돈이 부족한 사람은 많고 그들이 팔 수 있는 것에는 한계가 있으니까.

"상진 씨, 그분 누구야?"

그때 두 사람의 시선을 느꼈는지 린다 정이 호기심 어린 얼굴로 다가왔다.

"이런 젠장."

남상진은 작게 중얼거리고는 애써 얼굴에 미소를 떠올렸다. 굳이 싸우러 온 게 아니니까.

"노형진 변호사입니다. 마이스터……."

"소개는 안 해 줘도 돼. 노형진 변호사 모르는 사람이 어디 있어? 반가워요. 린다 정이에요."

노형진에게 악수를 청하면서 미소 짓는 린다 정.

노형진은 그런 그녀와 손을 맞잡으며 미소를 지었다.

"노형진입니다."

'이런, 이런.'

남상진이 조심하라고 해서 악수하며 기억을 읽었는데, 노형진은 왜 남상진이 그런 경고를 한 건지 알 것 같았다.

'진짜 거리를 둬야겠네.'

그녀의 머릿속에는 노형진과 관계를 만들고 그 힘을 이용할 생각이 가득했다.

노형진과 그녀의 힘이 합쳐지면 대통령을 만드는 것도 가능했던 것이다.

"친하게 지내면 좋겠네요."

"네. 뭐, 자주 연락하면서 지내시죠."

사실 노형진이 그녀에게 자주 연락할 이유는 없다.

린다 정이 지금까지 수십 년간 관리해 왔던 수많은 정치권 인맥이 노형진 때문에 송두리째 날아간 게 한두 번이 아니었던 터라 노형진에 대한 감정이 좋을 수가 없기 때문이다.

"같이 술 한잔하시죠?"

40대 중반으로는 보이지 않는 모습으로 눈을 찡긋하는 린다 정.

하지만 남상진이 먼저 선을 그었다.

"누님, 오늘은 비즈니스 때문에 온 거라서요."

"그래? 그럼 어쩔 수 없네. 나중에 연락 한번 드릴게요."

남상진의 말에 다시 한번 눈을 찡긋하면서 떠나는 린다 정.

"이상한 여자네, 진짜. 너무 쉽게 떠나는 거 아냐?"

"이 바닥 국룰 같은 거야. 일하러 온 사람을 붙잡고 시간 끄는 건 서로에게 예의가 아니니까."

"뭔 소리인지 알겠네. 예의는 납탄에서 나온다 뭐 그런 거냐?"

"비슷하지."

친해지겠다고 붙잡고 시간을 끌다가 약속에 늦어서 거래가 파투라도 나면 그 보답으로 상대방 머리에 총알을 박아넣을 놈들이 여기에는 넘치니까.

시간이란 상대적인 거다.

한 사람의 가치가 높아지고 존재감이 강해질수록 그 시간의 값어치도 더더욱 높아진다.

친구끼리 30분 늦는 거야 짜증 나는 정도지만 대통령끼리의 만남에서 30분 늦는 건 대놓고 상대방을 무시하는 거다.

"연락처도 모를 텐데."

"필요가 없는 거겠지."

"하긴."

노형진의 연락처가 필요 없는 게 아니라 물어볼 필요가 없을 거라는 소리다.

누구를 통해서라도 얻어 낼 수 있으니까.

"그런데 오늘 만나기로 한 사람이 누군데?"

"자하르 보로닌이라는 놈이야. 러시아 쪽 인물이고, 현재 중국과 러시아 쪽 무기를 유통하고 있지."

"흠, 용케 이쪽에 있네?"

"오늘 행사가 너무 크거든."

남상진은 자신을 아는 사람들과 잠깐잠깐 이야기를 나누면서 자하르 보로닌을 기다렸다.

그리고 얼마 지나지 않아 족히 150킬로그램은 되어 보이는 거대한 덩치의 대머리 남자가 웃으며 다가왔다.

"오랜만이오, 미스터 남."

"잘 지내셨습니까, 미스터 보로닌."

"그래, 날 만나고 싶다고? 지난번에 가지고 간 무기는 어떻게, 쓸 만했소?"

"덕분에 많은 도움이 되었습니다."

"더 필요한 게 있으면 언제든 말하시오, 하하하."

자하르 보로닌은 남상진과의 거래가 충분히 만족스러웠던 듯 미소를 지으며 말했다.

"그렇잖아도 이번에 큰 건을 하나 할까 해서 뵙고자 한 겁니다."

"큰 건이라……."

"같이 일하는 분들의 도움도 필요합니다."

"날 그렇게 보면 섭섭한데?"

까딱 잘못하면 '너 혼자는 감당 못하니까 알아서 사람 모아 와라.'라는 식으로 들릴 수 있기에 남상진은 조심해서 말했지만 아니나 다를까, 자하르 보로닌은 다소 빈정이 상한 듯했다.

"설마요. 제가 설마 미스터 보로닌을 몰라서 그러겠습니까? 다만 이번 의뢰가 진짜 커서 그럽니다. 요구도 다양하고요."

"서방제?"

"그쪽 포함입니다."

"흠."

자하르 보로닌은 중국과 러시아 무기를 주로 거래하다 보니 아무래도 서방제 쪽으로는 약할 수밖에 없었기에 바로 납득했다.

"다른 사람들과도 이야기해 보지. 4809호요. 올라오면 내 경호원이 안내해 줄 거요. 세 시간 뒤에 보도록 하지."

"그러면 이따가 뵙지요."

자하르 보로닌이 가고 나자 노형진은 목소리를 낮췄다.

"아니, 뭔 무기를 산 거야? 한국에 팔 곳이 있기는 하냐?"

"한국 말고도 팔 곳은 많아. 그리고 한국 연구소는 처음부터 설계하는 줄 아냐?"

그 말에 노형진은 바로 납득했다.

뭔가를 개발하기 위해서는 기본적인 구조와 정보는 알고 있어야 한다.

제로에서부터 시작하는 것과 역설계부터 시작하는 건 그 속도가 전혀 다르다.

그리고 남상진이라면 역설계에 필요한 무기들을 한국 정부에 공급할 능력이 된다.

"뭐, 호되게 비싸게 불렀지만."

그럼에도 불구하고 제로에서부터 시작하는 것보다는 훨씬 쌀 테니까.

"그런데 브로커들이 팔아 줄까?"

"네가 원하면 어지간한 건 다 구해 줄 거야. 물론 너무 위험한 건 구해 주지 않겠지만. 가령 핵폭탄이나 화학탄 같은 거?"

"마치 필요하면 구해 줄 수 있는 것처럼 말한다?"

그 말에 남상진은 씩 웃었고, 노형진은 그 미소에 고개를 절레절레 흔들었다.

⚖

세 시간 뒤, 노형진과 남상진은 4809호에서 자하르 보로닌과 만났다.

약속대로 서방제에 빠삭한 무기 브로커들을 데려온 자하르 보로닌은 주위를 경계하듯 눈으로 슬쩍 쓸어 본 뒤 남상진에게 물었다.

"그래서, 큰 거래가 뭐라고?"

"아프리카에 사설 업체를 세울까 합니다."

"사설 업체?"

"네."

"민간 군사 기업 말인가?"

"맞습니다."

"장난하나?"

그 말에 자하르 보로닌을 비롯하여 모여 있던 여섯 사람은 눈을 찡그렸다.

그도 그럴 게, 그건 돈이 안 되니까.

이미 아프리카에는 민간 군사 기업이 넘쳐 난다.

당연하다. 거기는 경호원 없이 다니다가는 언제 어디서 어떻게 죽을지 모르는 동네이기 때문이다.

특히나 흑인이 많은 지역이다 보니 피부색이 다른 사람이 나타나면 거의 100% 돈이 많은 경우가 대부분이기에 경호 인력은 무조건 필요하다.

"고작 소총 몇 개랑 방탄 차량 두어 대 사겠다고 우리더러 모이라고 한 거야?"

자기가 창피를 당했다고 생각했는지 자하르 보로닌의 목

소리가 높아졌다.

하긴, 그 정도만 해도 아프리카에서는 그 누구도 접근도 못 할 테니까.

물론 RPG-7 같은 게 위험하기는 하지만 그걸로 공격할 만한 놈들은 많지 않다.

"아니요. 이번에는 그런 무기들이 아니라 큰 겁니다."

남상진은 그렇게 말하고는 노형진을 돌아보았다.

노형진은 고개를 끄덕거렸다.

"전형적인 공격 무기로 구성된, 제대로 된 부대를 편성할 예정입니다."

"공격 무기?"

"기갑 전력과 자주포 그리고 다연장 로켓 같은 거 말이죠."

"뭐? 미친 거야? 아프리카에서 정복 전쟁이라도 하려고?"

남상진의 말에 자하르 보로닌이 대경하며 외쳤다.

이런 그의 반응은 조금도 과한 게 아니었다.

아프리카에서 진짜 그런 무기를 제대로 편제하고 싸우기 시작하면 정복 전쟁도 불가능하지는 않다.

"물론 그건 아니죠. 말씀드렸다시피 민간 군사 기업을 만들 겁니다."

"뭐 하려고?"

그 말에 시큰둥하게 묻는 자하르 보로닌.

"관심이 없으십니까?"

"관심? 없지는 않지. 하지만 화력 과잉이잖아. 일단 우리 구역도 아니고. 애초에 그 바닥에서 무기 팔아먹는 거야 뻔하고."

정부군조차도 2차대전 당시의 탱크를 쓰는 지역이 바로 아프리카다.

거기에 무기를 엄청나게 팔아먹고는 있지만 대부분 AK소총 계열이고, 그나마 일부 돈이 있는 곳에서는 소수의 지대공미사일 정도만을 가지고 있다.

"그 부분에 관해서는 제가 설명드리죠."

노형진이 설명을 위해 앞으로 나섰다.

"노형진?"

"저를 아십니까?"

"뭐, 사진은 봤다고 칩시다."

그 말에 노형진은 더 이상 묻지 않았다.

자신이 이들에게 어떤 입지를 가진 사람인지 알기에 캐물어 봐야 자세한 이야기가 나오지 않을 거라 생각했기 때문이다.

"마이스터는 이번에 기니에서 막대한 손실을 입었습니다."

"그건 알고 있소. 무사 수칸, 그 미친놈이 제대로 일을 저질렀던데."

"그리고 그 뒤에는 중국이 있죠."

그 말에 브로커들은 딱히 이상하지 않다는 듯 고개를 끄덕거렸다.

그들은 이쪽 업계에 대해 잘 알고 있으니 그 사실도 알고 있는 모양이었다.

"그런데 그걸로 뭐, 복수라도 하려고?"

"좋은 꼴은 못 볼 텐데?"

기니 정도 뒤집는 거야 어렵지 않지만, 국가와 기업 사이의 넘어서는 안 될 선을 넘는다면 이야기가 달라진다.

"맞습니다. 하지만 우리가 기업을 만들어서 다른 업무를 한다면 이야기가 달라지죠."

"다른 업무?"

"말씀하신 것처럼 우리가 민간 군사 기업을 만들고 다른 나라에 보호 업무를 한다면 말입니다. 아니면 반군에 돈을 받아서 전쟁을 대신한다거나."

"호오?"

실제로 미국의 경우는 점차 민간 군사 기업이 전쟁도 대신하는 분위기다.

물론 전면전은 아니지만 소규모 구출 작전 또는 방어 작전 정도는 민간 군사 기업의 손에서 컨트롤되는 경우가 많다.

"다연장 로켓이라고?"

그제야 자하르 보로닌은 관심을 가졌다.

그도 그럴 게, 그 무기가 의미하는 건 뻔했으니까.

"장거리 투발 수단을 갖추겠다 이거네?"

"맞습니다."

아프리카 대부분의 나라에 부족한 수단이 바로 장거리 투발 수단이다. 전투기도, 헬기도 없으니까.

심지어 대포도 제대로 가진 게 없다. 하나같이 상대적으로 비싼 무기들이기 때문이다.

한국의 무기 화력이 대단해서 그렇지, 가난한 나라들은 그런 장거리 투발 수단을 관리하는 걸 무척이나 힘들어한다.

"일단은 한국에서 다수의 구룡을 구매할 예정입니다."

"구룡? 그 구형?"

"구형이라고 해도 아프리카에서는 먹어 줄 텐데요?"

"끄응, 그건 그렇지."

구룡 1개 대대만 떠도 기니 같은 나라는 그냥 순식간에 싹 밀려 버릴 거다.

일단 그들이 가진 구형 탱크가 과연 그 화력을 버틸지도 의문이고, 설사 버틴다고 한들 보병이 없는 탱크는 그저 대전차미사일의 밥일 뿐이니.

"그 대신에 우리는 그 무기로 각국과 방어 계약을 할 계획입니다."

"각국?"

"네. 어차피 그곳의 군대는 존재 의의가 없으니까요."

정확하게는, 그 나라의 군대는 자국민을 위한 군대가 아니라 권력자를 지키기 위한 군대다.

"그리고 중국에서는 그 질서를 깨고 싶은 거죠."

정확하게는 친중 정권을 세워 자기들 입맛대로 지배하려
고 할 거다.

  실제로 중국은 그런 식으로 타국의 자원과 권리를 빼앗아
왔고, 그걸 일대일로라고 불렀다.

  다만 지금은 노형진과 마이스터 때문에 실패하고 있지만
말이다.

  회귀 전에도 실패했던 정책이지만 좀 더 빨리 실패의 결과
가 나오고 있는 상황.

  "하긴, 중국에서 온갖 무기들을 기니에 퍼 주고 있으니까."

  아니나 다를까, 자하르 보로닌을 비롯한 대부분의 사람들
은 중국에서 어떤 식으로 움직이는지 이미 알고 있었다.

  "당장 중국에서 원하는 건 그곳에 피바람이 부는 거지."

  "여러분은 원하지 않으시나요?"

  그 말에 노형진은 고개를 갸웃했다.

  저들은 전쟁상인이다. 무기를 팔아먹어야 그만큼 돈을 번다.
그런데 전혀 원하지 않는 것처럼 말하다니.

  "원하지. 하지만 원하지도 않지."

  "이해가 안 되는군요."

  "그쪽 바닥을 새로 튀어나온 놈이 꽉 잡고 있거든. 뭐, 말
이 브로커지, 안 봐도 뻔하지. 중국에서 파견한 놈일 거야."

  브로커는 당연하게 철저하게 이익만 좇아서 움직인다. 그
런데 그놈은 아니다.

다른 사람들과는 비교도 못 할 만큼 싼 가격에 아프리카 국가들에 중국산 무기를 뿌리고 있다.

"정확하게는 친중국 정부에만 막대한 무기를 뿌리겠다고 설치고 있단 말이지."

"그런가요?"

"생각보다 심해."

자기들에게 우호적이라면 무기를 뿌려서 국민을 제압할 수 있게 해 주고, 자기들에게 우호적이지 않다면 반대로 반군에 무기를 뿌리는 방식으로 국가 전복을 노린다는 것.

"뭐, 그쪽 동네가 소소하게 돈이 되기는 하지만 그런 식은 곤란해."

전쟁이 이들의 밥줄이기는 하지만 그 시장을 모조리 한 놈이, 정확하게는 중국이 다 처먹고 있다.

"그렇잖아도 그것 때문에 수틀린 상황이고."

기분이 나쁘다는 듯 말하는 자하르 보로닌.

"구룡이야 한국 정부에서 처분 못 해서 안달 난 놈이니 이해하지. 다른 건?"

"다수의 기갑과 장거리 무기입니다. 그리고 개인 군장류하고요."

"개인 군장?"

"방탄복, 레이저 포인터, 야간 투시경 등등."

"그런 걸 사는 거야 어렵지 않겠지만 오버 스펙 아닌가?"

"그래야 전쟁을 그만둘 테니까요."

이쪽에 충분히 처발릴 수 있다는 걸 알아야 저들은 겁을 먹을 거다.

"저들이 하는 방식 그대로 우리가 돌려줄 수 있다는 걸 보여 주는 거죠."

"흠."

그 말에 브로커들은 잠깐 고민했다.

"그런 거라면 쓸 만한 게 있지. 러시아제 헬기가 몇 대 있는데……."

자하르 보로닌은 이 거래가 돈이 된다고 생각했는지 잘 보이지도 않는 물건에 대해 이야기했다.

"원한다면 넘기지."

"다른 건 없나요?"

"탱크가 몇 대 있기는 하지. 구형이지만."

"그것도 좋군요."

노형진은 이것저것 쌓이는 것을 보면서 미소를 지었다. 그러고는 느긋하게 말했다.

"그리고 말입니다, 용병이 필요합니다."

"용병?"

"네. 러시아 출신에 능력 있는 사람들로 말입니다."

그 말에 그들은 하나같이 묘한 표정이 되었다.

전쟁을 막는 건 무기다

　무기는 러시아 무기를 사기로 했다. 아주 좋은 건 아니지만 쓸 만은 하기 때문이다.

　비록 서방제에 비하면 성능이 떨어지지만 유럽 한복판도 아닌 아프리카에서 쓸 테니 그것만으로도 오버 스펙이다.

　"그런데 왜 하필 러시아 용병이야?"

　"장기적으로 러시아의 전력을 깎는 효과도 있고."

　"하긴, 그것도 그렇기는 하네."

　현재 러시아군의 주요 전투 인력이 빠져나가면 나중에 러시아가 전쟁에서 더 힘들어질 수밖에 없다.

　"그리고 최소한 러시아 출신은 빼돌리는 데 한계가 있거든."

　"그것도 그렇다. 아프리카 놈들은 영……."

미안하지만 아프리카는 가난하기 때문에 완벽하게 믿을 수가 없다. 지급한 무기도 팔아먹고 잠수 탈 가능성이 높다.

　베트남도 그랬고, 아프가니스탄도 그런 일 때문에 결국 탈레반에 무너진 게 아니던가?

　"하지만 해외 용병은 지역에 팔아넘기지는 못하지."

　왜냐하면 그건 자기 목숨 줄이니까.

　거기가 고향인 놈들은 무기를 팔아넘기고 고향으로 도망갈 수 있지만 러시아인들은 그게 불가능하다.

　거기다가 실제 전투에 투입되는 용병에게 있어서 무기는 목숨 줄이다. 방탄복도 없이 투입되면 죽기 딱 좋다.

　"만일 그걸 팔아먹거나 잃어버리면 무깃값을 다 갚을 때까지 무기나 방어구 없는 상태 그대로 전선 최전방에 박아 버릴 거야."

　그렇게 되면 자기 목숨이 아까워서라도 팔지 못하게 될 것이다.

　"그리고 다른 이유도 있고."

　"다른 이유?"

　"중국은 아프리카에서 전쟁을 일으키고 싶어 하잖아. 그런데 러시아인이 죽으면 어떻게 되겠어?"

　"신경도 안 쓸걸."

　노형진의 말에 남상진은 기대도 하지 말라는 듯 말했다.

　"러시아도 신경 안 쓰는데 중국이 신경 쓰겠어?"

"그래도 러시아 눈치를 아예 안 보지는 않겠지."

"과연 그럴까?"

남상진은 여전히 부정적이었다.

물론 상관없다. 어차피 자신이 원하는 건 돈이고, 돈을 벌 수 있다면 누구든 상관없으니까.

"그나저나 한국에서도 이번에 돈 좀 짭짤하게 만지겠어."

구닥다리 구룡도 팔아 버리고 있는 상황이다. 비록 구형이지만 드론과 함께 쓴다면 제법 쓸 만할 거다.

"그런데 말이야, 가장 큰 문제가 있어."

"뭔데?"

"그런다고 무사 수칸이 빼앗아 간 자산을 돌려주겠어?"

그럴 리가 없다. 그랬다면 애초에 그런 짓을 하지도 않았을 테니까.

"물론 우리야 좋지. 돈이 되니까."

아프리카의 가난한 나라에서 사는 무기보다 제대로 된 군사 기업에서 사는 무기가 더 많다.

더군다나 아프리카 군벌과 거래하는 업체는 자신들이 아니니 더더욱 상관없다.

"그리고 솔직히 말해서 민간 군사 기업이 생긴다고 그놈들이 무기를 사지 않을 것도 아니고. 독재자들 스타일을 보면 도리어 더더욱 무기 구입에 혈안이 되겠지."

"하긴, 그것도 그렇죠."

노형진은 자하르 보로닌의 말에 동의했다.

왜냐하면 그의 말대로 자신들이 무기를 가진 것과 별개로 독재자들의 힘은 무력에서 나오기 때문이다.

정상적인 국가에서 무력은 외세로부터 자신들을 지키기 위해 쓰이겠지만, 독재국가에서는 대부분 국민들을 억압하는 용도로 쓰인다.

"마이스터에서 만든 민간 군사 기업이 국민 탄압에 동원될 리가 없지."

"맞습니다. 저희의 조건은 간단합니다. 딱 방어까지만."

그렇게 되면 국민을 억압하기 위해서라도 자신들의 방어 병력을 따로 구해야 한다.

"이란처럼 되겠네."

자하르 보로닌의 말에 다들 고개를 끄덕거렸다.

이란은 다른 나라들과 다르게 군 체계가 이중화되어 있다.

중국에 아예 중국군이 없고 공산당 산하의 인민 해방군만 있다면, 이란은 이란군과 별개로 이슬람혁명수비대라는 군대가 따로 있다.

준군사조직으로 분류되지만 이는 정식 군대가 아니라서 그럴 뿐 실제로는 군사조직이 맞다.

마치 일본군이 선제공격권이 없어서 자위대라고 부르는 것처럼 말이다.

웃긴 건 이슬람혁명수비대가 정작 정식 이란군보다 무장

도, 인원도 훨씬 더 낫다는 거다.

"제가 원하는 게 그겁니다."

이쪽에서 방어는 해 줄 수 있지만 국내 문제는 알아서 해라.

"뭐, 미국이야 그렇다고 쳐."

자하르 보로닌은 고개를 끄덕거렸다.

미국이야 민간 군사 기업이 활발한 곳이다. 군산 복합이라는 말이 당연한 나라이기도 하다.

실제로 아프리카 입장에서는 기겁할 정도의 전력이겠지만 미국 입장에서는 우습지도 않은 전력으로 무장한 민간 군사 기업을 딱히 거절하지는 않을 거다.

물론 구룡 다연장 같은 건 좀 미묘하게 귀찮기야 하겠지만, 미국 본토도 아닌 아프리카에서 활동할 거니까 마이스터의 영향력을 생각하면 쓸 만한 무기를 파는 게 어렵지 않을 거다.

"하지만 무사 수칸이 그런 기업을 받아 줄 가능성은 없을 것 같은데."

"받아들이게 만들어야지요."

노형진은 당연하다는 듯 말했다.

"받아들이지 않으면 자기가 죽을 텐데 어떻게 하겠습니까? 후후후."

노형진은 인간이 어떻게 움직일지 알기에 미소 지을 수 있었다.

노형진은 바로 움직였다.

생각보다 돈은 얼마 들지 않았다. 구형 대포는 미국의 퇴역한 물건을 구입하겠다고 이야기했더니 생각보다 쉽게 매각 결정이 떨어졌다.

그도 그럴 게, 미국 입장에서도 아프리카를 통째로 먹으려고 하는 중국의 행동이 마음에 들지 않았던 것이다.

다만 대놓고 군을 파견하면 전쟁하자고 하는 꼴이라 참고 있었던 것뿐인데 노형진의 요청은 그게 아니니 상관없다.

하물며 요구하는 것이 이제는 일선에서 퇴역한 쓸데도 없는 물건들 아닌가?

그 과정에서 도리어 생각지도 못한 물건까지 넘겨받았다.

"AC-119라면 쓸 만할 거다."

"그게 뭔데?"

"건십."

"건십? 그 하늘에서 대포 쏘는 비행기? 그걸 판다고? 미국 놈들이 미쳤나? 그건 한국과 일본에서 팔아 달라고 해도 안 파는 물건이잖아?"

"그건 AC-130이고."

AC-119는 AC-130보다 미묘하게 더 빨리 만들어진 건십이다. 다만 딱 베트남전 시기에만 사용되고 도태되었다.

그도 그럴 게 AC-119가 개발되고 거의 바로 AC-130이 나와서 굳이 많이 만들 필요가 없었던 것이다.

"화력이 달라. 애초에 AC-130은 105mm 대포를 달아서 쏘는 놈이지만 AC-119는 7.62mm 미니건과 20mm 발칸만 있으니까."

비슷한 시기에 나온 물건에 비해 화력과 적재량까지 부족하니 당연히 도태될 수밖에 없었다.

"그런데 그걸 아직도 가지고 있다고?"

"비행기의 무덤. 너도 알 텐데?"

"끄응, 천조국이라는 말이 농담이 아니네."

비행기의 무덤.

퇴역 장비 중 비행기만 모아 둔 네바다 사막의 주기장.

그러나 그곳에는 말이 퇴역이지, 수리해서 쓸 만한 전투기들이 상당히 많다.

과거, 한국이 가난했던 시절에는 거기에서 무기를 슬금슬금 구입하기도 했을 정도니까.

"많이는 안 되고 딱 4대만 판단다. 나중에는 모르겠지만."

"의외네. 그런 건 너무 위험해서 안 판다며?"

"미 정부도 아니까, 중국을 견제해야 한다는 걸."

이 상태대로라면 아프리카는 친중 정권이 죄다 집어삼킬 텐데, 그렇게 되면 전 세계 자원 수급에 심각한 문제가 생긴다. 그 자원을 중국에서 다 빨아들일 테니까.

"대리전이라 이건가?"

"정답이지."

'우리 잘못이 아니다, 이건 민간 군사 기업이 하는 거다.' 라는 변명.

심지어 그 군사 기업이 방어만 한다면?

침략한 놈만 욕먹지 방어하는 사람이 욕먹지는 않는다.

"물론 아프리카에서는 AC-119 정도만 돼도 과잉을 넘어서 거의 학살 수준이겠지만."

20mm 발칸의 사거리는 3킬로미터가 넘는다.

현실적으로 대공포로는 못 잡기에 제대로 된 지대공미사일이나 전투기가 있어야 하는데, 애초에 그런 건 아프리카에 있을 리가 없는 물건이다.

"대놓고 욕심내지 마라 이거네."

"맞아."

마치 체르덴코의 홍차처럼 뒤에 누가 있는지 어필해 주면서 욕심을 부리지 못하게 하겠다 이거다.

"중간에 끼어서 대리전 하는 건 별로 좋아하지 않는데."

노형진은 쓰게 웃었지만 그렇다고 포기하지는 않았다. 어차피 해야 할 일이기는 하니까.

"생각보다는 돈이 안 들겠어."

퇴역 무기들을 싸게 사고, 보병 전력은 어차피 이쪽에서 극히 일부만 운영할 테니까 도입비는 그리 들지 않는다.

관리비도 마찬가지다. 이런 구형 무기들의 가장 좋은 점이 바로 관리비가 싸다는 거다.

농담 삼아서 하는 말이, 군대에서 매일 외치는 '닦고 조이고 기름 치자.'라는 것만 지키면 거의 고장이 나지 않는 게 구형 무기들의 특징이니까.

그마저도 귀찮으면 그냥 미국처럼 통째로 보존 처리해 버리면 된다. 사실 그게 돈은 덜 든다.

한국의 경우는 북한이라는 적이 있어서 언제든 써야 하기 때문에 보존 처리하지 않지만.

실제로 진짜로 노형진은 싼 맛에 산 무기들을 보존 처리해 둘 생각이었다.

물론 그걸 다시 쓰기 위해서는 약간의 과정이 필요하겠지만 소수의 병력만으로도 그 정도 시간은 벌 수 있으니까.

현재 아프리카의 상황을 보면 당장 곡사포 10문 정도와 구룡 2대 그리고 AC-119 1대만 나와 있어도 주변에서 침략은 쉽게 생각하지 못할 거다.

초반에 밀어내지 못하면 보존 처리된 무기들이 쏟아져서 밀려 버릴 테고.

"웃기네."

"뭐가?"

"쓸 일도 없는 고철들이 전쟁을 막는다니."

"원래 전쟁 무기란 게 그런 거니까."

그 말에 남상진은 쓰게 웃었다. 아무리 생각해도 어이가 없으니까.

"뭐, 상황은 알겠는데, 무사 수칸이 고개를 숙일지 모르겠네. 이미 엄청난 전력 증강을 해서."

"어느 정도인데?"

"중국산 탱크 30대, 자주포 40대가 이미 들어갔어."

기존 병력을 생각하면 터무니없이 강력한 힘이다.

당연히 그 정도 돈을 무사 수칸이 가지고 있을 리가 없다.

"중국에서 돈을 줘서 그것들을 산 걸 테고."

"그러겠지."

그래서 주변 국가들에서 난리가 났다고 한다.

무사 수칸이 가진 전력이 한순간 뻥튀기되었으니까.

물론 그걸 운영하는 운영 병력은 거의 없을 거다.

"아마 중국에서 은밀하게 사람을 보내서 훈련시켜 주고 있겠지."

"그러면 그다음은 우리 차례네."

그리고 모든 준비가 끝났기에 노형진은 주저하지 않았다.

시에라리온.

한때 전 세계에 잔인한 무정부 국가로 알려졌던 나라다.

〈블러드 다이아몬드〉라는 영화가 나올 정도로, 보석을 둘러싼 내전으로 수많은 사람들이 죽고 다치고 또 잔인한 소년병 징집이 이루어졌던 나라다.

하지만 현재의 시에라리온은 못살고 가난한 나라일지언정 어느 정도 민주주의국가로서 자리를 잡아 가고 있었다.

물론 여전히 혼란이 있고 또 여전히 제대로 된 국가로서 기능하기에는 오랜 시간이 필요하지만, 통일된 정부가 존재하고 그들이 영토를 수호한다는 점에서는 일단 정상적인 구조로 굴러가고 있었다.

"이게 무슨."

보고서를 읽던 시에라리온의 대통령인 이파 순두는 손이 바들바들 떨렸다.

"이 말이 사실인가? 기니가 우리를 침략할 가능성이 90% 이상이라고?"

"네. 이미 일부 병력이 국경으로 이동하고 있답니다."

"미친! 막을 방법은?"

"현재로서는……."

시에라리온군의 병력은 터무니없이 적다.

그럴 수밖에 없다. 애초에 내전이 끝난 지도 얼마 안 되었고 군대라는 것 자체에 국민들이 두려움을 가지기 때문이다.

더군다나 오랜 내전으로 소년병들이 징집되고 반군이 계획적으로 성인들의 손과 발을 잘라 장애인도 수십만 명 수준으로 많은 데다가, 사방이 지뢰로 가득하고 심지어 에볼라 바이러스까지 창궐하면서 돈 들어갈 곳이 넘쳐 나다 보니 군대를 유지할 수가 없었다.

그래서 대부분은 보병이었고, 그나마 소수의 트럭과 4대의 구형 전차만 보유하고 있었다.

이걸로는 절대로 강화된 기니군을 막을 수가 없었다.

"어떻게 되찾은 평화인데……."

이파 순두는 앞이 캄캄했다.

11년에 걸친 내전, 지독한 약탈과 학살, 소년병 징집으로 점철된 시에라리온이다.

대부분의 사내들은 장애인이 되거나 PTSD를 달고 산다.

소년병들은 성인이 되었지만 여전히 그때의 악몽에서 벗어나지 못하고 있다.

그런데 또다시 전쟁이라니.

"아무래도 역시 중국이 보복하려는 것 같습니다."

"중국……이라니. 망할."

사실 시에라리온은 원래 중국의 일대일로에 참가하던 나라였다.

하지만 정권이 바뀌고 현 대통령이 된 이파 순두는 그 계약이 극단적으로 불공정하다고 생각했다.

그는 기존 정치인과 다르게 민주적이고 국가를 위해 일하고자 하는 신념이 강한 사람이라, 누군가에게 뇌물을 쥐여 주고 체결한 일대일로 계약에 동의할 수가 없었다.

상식적으로 중국 돈으로 중국 인부와 중국 자재를 이용해서 도로와 항만을 짓고, 그걸 갚지 못하면 자국 내 다이아몬드 광산의 소유권을 넘겨주는 계약이 정당한 계약일 수가 없지 않은가?

도로와 항만이 있으면 뭐 하나? 팔아먹을 게 없는데.

기술도, 공장도, 농산물도 없다. 소수의 광산이 있기는 하지만 그걸 채굴할 기술도, 시설도 없다.

결과적으로 갚을 수가 없는 돈이었고, 자신들의 유일한 수입원이나 마찬가지인 다이아몬드 광산이 통째로 중국에 넘어갈 상황이라 당연히 이파 순두는 계약 파기를 결정했다.

"개 같은 중국 놈들."

그런데 중국이 뒤에서 수작질을 부려서 기니군을 이용해 자신들을 침략하기로 한 것이다.

무사 수칸 입장에서도 손해 볼 게 없었다.

권력을 잡은 후 불만이 있는 놈들의 시선을 외부로 돌려야 하니까.

그리고 증강된 힘을 자랑해야 자신에게 불만을 표하지 못할 테니까.

아마도 자신들이 첫 번째일 테고, 라이베리아를 비롯한 다른 나라들 역시 결국 기니와 전쟁하게 될지도 모른다.

아니, 100%라고 봐도 무방했다.

그렇다고 같이 손잡고 방어?

말도 안 된다.

애초에 시에라리온 내전을 일으키도록 도와준 게, 아니 사실상 일으킨 게 바로 라이베리아다.

시에라리온을 집어삼키기 위해 반군에 무기와 인력을 지원해 줬고, 심지어 나중에는 마치 반군인 것처럼 자신들의 정규군을 지원하기까지 했다.

그런 나라가 자기들과 힘을 합쳐 기니군을 상대한다?

더군다나 현 부통령이 그 반군을 지원해 준 전 대통령의 아내다.

즉, 여전히 그들은 시에라리온에 대한 욕심을 못 버리고 있다는 소리다.

설사 싸워 준다고 해도 라이베리아군은 고작 2개 보병대와 1개 지원대뿐이다. 대전차무기도 RPG-7 말고는 전무한데 그걸로 기니군을 막는다?

"끝났군."

이파 순두는 비참한 기분에 눈을 질끈 감았다.

서방은 아프리카에 관심이 없다. 이권이 걸려 있다면 모를까, 이권이 없다면 여기서 몇백만 명이 죽어도 신경도 쓰지 않는다.

블러드 다이아몬드 전쟁이라 불리던 내전에서도 그랬다.

아이들이 소년병으로 끌려가고, 거부하면 손과 발이 잘리고, 강간당하고 약탈당하고. 지옥이 지상으로 내려와도 그들은 아무것도 하지 않았다.

유엔군은 눈앞에서 강간과 약탈을 멀뚱하게 바라보면서 자기네 기지만 지켰다.

"……."

침묵이 흐르는 대통령 관저 안.

어떻게 막아야 할지조차도 모르는 상황.

"일단 비상 상황을 준비하는 게……."

최악의 경우 징집령을 내려야 하는 상황.

그런데 그 상황에서 생각지도 못한 일이 벌어졌다.

"대통령 각하, 마이스터에서 아프리카 민간 군사 기업에 대한 활동 승인 요청을 했습니다."

다급하게 들어온 비서관이 전한 소식에 이파 순두는 짜증이 났다.

"지금 그게 중요합니까? 그 정도는 알아서 해요!"

"그게…… 생각보다 엄청난 숫자입니다. 그리고 목적이 국토 방어라고……."

"국토 방어?"

이게 뭔 소리란 말인가? 국토 방어라니?

그리고 곧바로 이어지는 말에, 회의하던 사람들은 자리에서 일제히 벌떡 일어났다.

"M-198 곡사포 20문, 그리고 T-72 전차가 15대, AC-119 건

십이 4대입니다. 그리고 구룡 다연장 로켓 20문도 있습니다."

"곡사포? 전차? 건십? 다연장 로켓?"

이건 아무리 들어봐도 민간 군사 기업이 보유할 수 있는 숫자가 아니다.

"아니, 그걸 빌려준다고?"

"빌려주는 게 아니라 활동을 허가해 달랍니다. 계약은 나중 문제라고."

이상한 말은 아니다. 그 나라에서 활동 허락을 받지 못한 상황에서 입국할 수는 없으니까.

"기니군이 가진 무장이 뭐지?"

"88식 전차와 70식 자주포입니다."

88식 전차는 중국의 2세대 전차로 이미 퇴역한 물건이다.

그에 반해 T-72 전차는 러시아의 3세대 전차다.

수는 훨씬 적지만 애초에 사거리도, 속도도, 방어력도 비교 자체가 안 된다.

현실적으로 88식 전차로 T-72 전차를 잡는 건 사실상 불가능하다.

방어력에서도, 사거리에서도 밀리는 2세대 전차. 거기에 자동 장전 장치도, 자동 조준장치도 없는 2세대 전차가 그 모든 걸 가진 3세대 전차를 잡을 수는 없다.

전차는 물론이거니와 대포도 그렇다.

물론 70식 자주포는 사거리가 11킬로미터인 데 반해

M-198은 24킬로미터. 사거리 연장탄을 사용하면 30킬로미터까지 늘어난다.

즉, 기니군은 쏴 보지도 못한단 소리다.

거기다 다연장 로켓과 건십이라면 저쪽은 아예 꼼짝도 못할 거다.

"갑자기 허락을 해 달라고?"

너무 어이가 없어서 혹시나 이게 자신들을 침략하기 위한 일종의 다른 속임수인가 싶었지만, 생각해 보면 그럴 리가 없다. 마이스터에서 그럴 이유가 없기 때문이다.

"물론 그들과 계약하기 위해서는 그만한 돈을 내야 합니다만."

"그런가?"

즉, 자신들이 침략받을 걸 예상하고 들어오려 한다는 거다.

주한 미군에 한국이 돈을 주고 북한과 중국을 견제하는 것처럼, 자신들에게 돈을 내고 다른 놈들을 견제하라는 소리.

"각하, 현재로서는 이게 최선입니다."

다른 나라로부터 어떤 식으로든 도움을 받는 건 불가능.

결국 그들을 받아들여서 전쟁 자체를 막는 게 최선이다.

"그러면…… 그 돈이…….."

그들이 아무리 좋은 의미로 와 준다고 해도 민간 군사 기업은 결국 기업이다.

그들은 돈을 받아야 일을 할 수 있는데, 자신들은 돈이 없다.

그때 누군가가 입을 열었다.

"자원의 유통권을 주는 건 어떻겠습니까?"

"자원?"

"어차피 우리 힘으로는 아무것도 개발 못 합니다."

그건 사실이다.

자신들의 힘으로는 자원 개발은커녕 자원의 탐색조차 못한다.

오죽하면 유일한 수익원이 다이아몬드뿐이겠는가?

분명 다른 무언가가 있겠지만 그걸 찾을 수 있는 능력도, 자금력도 안 된다.

"마이스터는 중국처럼 모든 걸 약탈하는 곳이 아니니까 괜찮을 겁니다."

적당한 돈과 더불어 자원의 유통권을 준다면, 어쩌면 그 군대의 주둔비를 빼고도 충분히 수익이 날 수도 있다.

"그게 최선인가?"

결국 답은 하나뿐이었기에 이파 순두는 고개를 끄덕거렸다.

"그런데 언제 들어온답니까?"

이미 무사 수칸과 기니군은 군대를 국경으로 배치하고 있는 상황.

이 소문이 돌면 다급하게 쳐들어올지도 모른다.

"허락만 하시면 2주 안에 입국 가능하답니다."

"2주?"

아무리 무사 수칸이 급하게 움직인다 해도 그 정도 시간은 있다.

그도 쿠데타로 권력을 잡은 지 얼마 되지 않았으니까.

"바로 와 달라고 하세요. 아예 협상을 통해 방어를 맡기고요."

그 말에 다들 얼굴이 환해졌다.

드디어 살 수 있는 길이 생겼기 때문이다.

탕!

무사 수칸에게 보고하던 남자는 얼굴에서 피를 뿜으며 그대로 뒤로 넘어갔다.

그러자 그 모습을 본 수많은 사람들이 공포에 벌벌 떨었다.

"뭐라고? 지금 뭐라고 했어? 마이스터가 시에라리온에 군대를 주둔시켜?"

"저, 정확하게는 민간 군사 기업입니다만……."

죽은 남자를 대신해서 이어서 보고하려고 하던 남자도, 다시 한번 울린 총소리와 함께 머리에서 피를 흘리면서 쓰러졌다.

총을 내린 무사 수칸은 그 옆에 서 있는 다른 부하를 무심한 눈으로 쳐다보았다.

"똑바로 보고해."

"마, 마이스터가 다수의 군부대를 시에라리온에 상륙시켰습니다. 보병 전력은 없지만 소수의 항공기와 다수의 장거리 무기로 구성되어 있습니다."

"이익!"

그 말에 무사 수칸은 이를 악물었다.

이건 이야기가 달랐다.

그는 바로 무서운 눈빛으로 자기 뒤에 있던 남자를 노려보았다.

"마이스터가 저항하지 못할 거라면서!"

"잠깐……. 그러니까 장거리 무기를 제공했다고?"

양복을 입은 동양계 남자는 다그치듯 물었고, 그 말에 부하는 고개를 끄덕거렸다.

"제공은 아니고 협상을 통해 고용하는 형태로……."

"고용?"

남자는 당혹감을 감출 수가 없었다. 왜냐하면 이건 예상과 완전히 어긋난 상황이었기 때문이다.

'이게 아닌데?'

사실 그는 중국의 요원으로 이번 일의 총책임자였다.

원래대로라면 일대일로를 통해 중국이 아프리카의 자원을 독점해서 미국과 서방의 힘을 줄이고 자신들의 힘을 늘려야 했다.

그런데 마이스터 때문에 일대일로가 계속 방해받았다.

노형진 입장에서는, 회귀 전에는 일대일로로 인해 여러 나라들이 파산한 끝에 결국 전 세계적인 공황이 닥쳤기 때문에 달리 선택지가 없었던 것뿐이지만 말이다.

'물론 어느 정도는 예상했지만.'

중국은 마이스터에 대한 복수를 원했는데, 그 방법 중 하나가 바로 마이스터가 투자한 기니를 중심으로 아프리카를 싹 다 집어삼키는 것이었다.

기업은 가진 힘과 상관없이 국가에 전쟁을 선포할 수 없다. 그렇다고 독재국가의 법원에 시설을 반품하라고 소송을 걸어도 소용없다.

그래서 중국은 기니에서 국유화한 자산을 나중에 불하받는 방식으로 거의 거저 흡수한 다음, 기니를 기반으로 아프리카에서 강력한 국가를 만들어 흡수통일을 유도한다는 계획을 세워 움직였다.

물론 모든 아프리카 국가를 다 칠 수는 없다.

기니나 라이베리아, 시에라리온 등은 군대라고 부를 가치조차도 없는 놈들이 있을 뿐이지만 남아프리카공화국 같은 곳만 해도 어느 정도의 군부대가 있다.

그래 봤자 중국이 작정하고 기니를 밀어주기 시작하면 의미가 없겠지만 말이다.

더군다나 아프리카 국가들은 서로 사이가 너무 안 좋아서 손잡고 기니를 막는 건 절대 불가능할 거라 생각했다.

그래서 당연히 마이스터는 아프리카에 투자한 돈을 모조리 털리고 망할 거라 생각했고.

"그런데 민간 군사 기업?"

물론 민사 군사 기업이 자신들이 생각한 변수 중의 하나이긴 했다.

이미 마이스터에서는 민간 군사 기업을 운영하니까.

하지만 다른 나라와 일전을 결할 정도의 화력을 갖춘 새로운 민간 군사 기업이 창설될 거라고는 생각도 못 했다.

"이거 어쩔 거야? 우리더러 뭘 어쩌라는 거야? 어? 뭐? 마이스터의 기업을 모조리 국유화하면 그에 대한 짭짤한 보상을 준다고? 어?"

물론 그 보상은 받았다.

그 대가로 그나마 있던 아주 극소수의 자금마저 기니에서 빠져나갔지만, 그건 무사 수칸에게는 아무래도 상관없는 일이었다.

모든 독재자가 그렇듯 무사 수칸에게 중요한 건 자신의 주머니가 두둑해지는 것이지 국민들의 생존이 아니니까.

"이걸 이기라고? 그러면 무기 더 내놔!"

문제는 무사 수칸이 중국의 지원을 받는 조건이 바로 시에라리온의 광산 유통권을 중국에 넘기는 것이었다는 거다.

중국은 시에라리온의 광산을 삼키기 위해 일대일로를 이용한 함정을 팠는데, 정권이 바뀌면서 전 정권의 계약을 현 정권이 깨 버렸다.

그 바람에 계획이 틀어져서 그 복수를 할 겸, 다이아몬드 광산의 권리를 차지하기 위해 기니를 후원한 것이다.

"그건 곤란해."

중국이라고 해도 돈이 넘치는 건 아니다.

정확하게는, 줄 수야 있겠지만 그러기 위해서는 전 세계에 중국이 기니의 침략 전쟁을 지원한다는 사실을 알려야 한다.

주변의 공격을 피하기 위해 애써 암시장을 이용하는 중국 정부 입장에서는 그런 노골적인 행보는 피할 수밖에 없었다.

"그 정도 무기를 제압하기 위해서는 현대전 무기가 필요해."

어쩔 수가 없다.

아무리 미국에서 퇴역했다지만 뛰어난 물건이니 그걸 상대하려면 현재 사용되는 무기들, 가령 전투기나 전차 또는 대포 등이 필요했다.

무사 수칸은 허망한 눈으로 중국 요원을 쳐다보았다.

"안 주겠다고?"

"그래, 우리는 줄 수 없어."

그런 무기를 공급하는 건 재고를 주는 것과 전혀 다른 문제다.

자신들이 준 무기는 2세대 무기. 그에 반해 노형진이 준비한 무기는 3세대 무기다.

즉, 그걸 제압하기 위해서는 최소 3세대 이상의 무기를 줘야 한다는 소리다.

문제는 현재 자신들에게 3세대 무기는 현역이라는 것.

그렇다면 당장 자신들이 쓰는 물건을 넘겨줘야 한다는 건데, 그건 예비로 돌려 둔 2세대 물건을 주는 것과는 전혀 다른 문제다.

"돈을 주고 사면 모를까."

그리고 그 돈은 자신들이 줘야 한다는 소리고 말이다.

"그러면 어쩌라고? 이 상태로 가서 그대로 다 뒈지라고?"

아무리 무사 수칸이 가난한 나라의 가난한 군인이라고 해도 군인은 군인. 한 세대 차이 나는 무장이라면 전황이 얼마나 크게 바뀌는지 모르지 않는다.

거기다가 마이스터에서 준비한 무기는 말이 3세대지, 이미 업그레이드까지 끝난 모델들이다.

더구나 노형진이 이번 작전을 위해 암시장에 나온 T-72를 모조리 구입해서 추가 구입할 수도 없는 상황.

그리고 기갑의 경우는 한 세대 차이는 어떻게 요행이라도 노려 볼 만하지만 장거리 무기는 애초에 요행급도 노릴 수가 없다.

애초에 저쪽에서 포탄이 날아오는 게 보이지도 않는데 뭘 어쩌란 말인가?

"이건 생각지도 못한 문제인데."

중국에서도 마이스터의 보복을 당연히 예상했다. 하지만 어찌할 도리가 없을 거라고 생각했다.

기업은 국가의 선을 넘을 수 없다. 손해가 발생했다고 한

국가에 선전포고를 하면 그 순간 그 기업은 전 세계 국가들에 적대적인 입장이 된다.

과거에 수많은 독재국가들이 국유화를 진행해도 그로 인해 피해를 입은 기업들이 참은 이유는, 그 나라보다 힘이 약해서가 아니라 기업으로서는 넘을 수 없는 절대적 선이 있었기 때문이다.

"그런데……."

민간 군사 기업이라는 건 선을 넘은 행위가 아니다.

물론 화력이 민간 군사 기업이라고 하기에는 과하기는 하지만 그걸 침략에 쓰진 않았으니 다른 나라가 뭐라고 할 수는 없다.

그리고 용병에게 자국의 수호를 맡기는 행위는 그 나라에서 알아서 할 문제이지, 남의 나라가 뭐라고 할 문제가 아니다.

지금 여기서 무사 수칸이 게거품을 물면서 지랄해 봐야 그 말은 '나는 당신 나라를 침략하고 싶으니까 방어군을 빼라.'라는 소리밖에 안 된다.

"젠장, 이건……."

생각지도 못한 상황에 요원의 얼굴이 어두워졌다.

⚖️

"그래서 방법이 없나?"

"현재로서는 없습니다. 미국은 합법적으로 무기를 건넸다는 입장이고, 시에라리온뿐만 아니라 주변 국가들도 방어에 관한 계약을 하겠다고 나서고 있습니다."

"다른 나라들도?"

샹량핑은 불편한 얼굴이 되었다.

자신이 준비한 백년지대계가 이렇게 왕창 박살 나는 게 너무나도 어이없었으니까.

"주변 국가들의 군사력도 결국 바닥이니까요."

주변 국가들이 독재국가든 아니든 간에 정치인들은 욕심이 많다. 그리고 그들은 한 나라가 갑자기 군사력을 증강하는 것을 극도로 꺼린다.

군비경쟁이라는 말이 괜히 생긴 게 아니다.

누군가 군비를 늘리면 그 힘이 실제로 자신을 상대로 쓰일걸 대비해서 옆에 있는 누군가도 군비를 늘리기 마련.

문제는 아프리카 국가들은 그럴 힘이 없다는 거다.

그 상황에서 등장한 마이스터의 민간 군사 기업은 그들에게 제법 쓸 만한 대상이었다.

"망할 놈들."

"더군다나 가장 큰 문제는 마이스터가 이 군비경쟁에 관해 단호하게 선을 긋고 있다는 것입니다."

"마이스터는 뭐라는데?"

"다음과 같은 규칙을 지키겠다고 하더군요."

첫 번째, 침략 전쟁은 지원하지 않는다.

두 번째, 국민에 대한 학살 행위를 결코 좌시하지 않겠다.

세 번째, 정권이 바뀌는 경우 주둔군과 재협상한다.

민간 군사 기업의 영역인 방어에 한정하겠다는 명확한 선이 있었지만, 바로 그게 문제였다.

"그걸 깰 방법이 없습니다."

"빌어먹을."

물론 깨려고 한다면 깰 수는 있다.

말이 3세대지 결국 퇴역 장비들이고, 중국이 바꾸고 있는 4세대 장비라면 충분히 깰 수 있다.

문제는 그런 행동을 하면 중국은 침략국이 된다는 거다.

세상에 침략국으로부터 자금을 지원받고 싶어 하는 나라는 없다. 종국에는 자신들이 그 침략의 대상이 될 테니까.

그 사실을 알기에 중국이 일대일로라는 경제적 침략을 선택한 것 아니었던가?

유사시에 그걸 핑계 삼아 주요 항구와 도로만 봉쇄해도 한 나라를 고사시킬 수 있기 때문이다.

"무사 수칸 그놈은?"

"더 이상의 무기 지원이 없다면 시에라리온에 대한 공격은 하지 못한다고 딱 잘라서 선을 그었습니다. 특히 전투기를 요구했습니다."

"전투기? 미친놈! 그걸 달라고?"

"아니면 건십과 구룡은 어쩔 거냐고 하는데⋯⋯."

껄끄럽긴 하지만 무사 수칸의 요구는 일리 있는 것이었다.

자신들이 준 무기가 쓸 만한 건 사실이지만 죄다 지상 무기다. 그리고 건십 하나가 뜨면 전차든 자주포든 의미가 없다.

물론 20mm 기관포에 망가지지는 않겠지만, 보병 전력 없는 기갑은 보병의 밥이라는 말이 괜히 생긴 게 아니다.

2세대 전차는 RPG-7 같은 구형 로켓에도 쉽게 박살 나니까.

더군다나 구룡이라면 더 답 없고 말이다.

애초에 수십 킬로미터 밖에서 쏴 대는 미사일을 어떻게 막겠는가?

샹량핑은 고민에 휩싸였다.

"하지만 전투기는 안 되는데."

전투기는 구형 기갑과는 비교도 못 할 가격을 자랑한다.

돈이 문제가 아니라 그걸 몰 수 있는 인력과 관리할 수 있는 인원 그리고 소비되는 미사일, 그 모든 게 아무리 낮게 잡아도 수백만 달러다.

즉, 그런 거액을 준다는 것 자체가 대놓고 중국이 배후임을 증명하는 셈.

"그러면 방법이 없다?"

"물론 암시장을 통해 추가적으로 무기를 공급할 수는 있습니다."

필요에 따라서 3세대까지는 충분히 할 수 있다.

하지만 그렇게까지 한다고 해서 과연 아프리카를 얻을 수 있을까? 결국 무사 수칸이 아프리카를 지배하게 된다고 해도, 과연 자신들에게 뭐가 생길까?

"그런 경우 이득보다는 손실이 더 크다는 게 정보부의 판단입니다."

중국에 대한 세계적인 경계와 그로 인한 경제적 손실, 그리고 일대일로 국가들의 의심. 추가로 아프리카에 발생할 반중 정서.

"거기다가 마이스터가 만든 민간 군사 기업이 있으니 거기에 미국이나 서방 세력이 끼어들 가능성이 높습니다. 특히 한국이 관심을 많이 가지고 있습니다."

"한국?"

"이번에 한국에서 구룡을 일부 넘겨준 건 단순한 재고 떨이가 아닙니다. 한국에도 도태된 장비들이 생기고 있으니까요. 더군다나 조만한 한국에서 만든 K-2 전차가 그들에게 인계될 겁니다."

"뭐라고?"

"이번에 한국에 심어 둔 간자로부터 정보가 넘어왔습니다. 마이스터에서 계약했다고 하더군요."

한국 입장에서는 도태된 장비를 돈 받고 치울 수 있어서 좋다.

미국이 허락하지 않았다면 모를까, 미국에서 건십을 팔 정도로 적극적이라면 자신들은 손해 볼 게 없다.

"결국 우리가 파는 만큼 그들의 세력은 강해질 겁니다."

최악의 경우 기니는 주변국들 사이에서 고립되어 아프리카의 북한이 될 수도 있다.

"북한?"

그 말이 나오자 샹량핑은 머리가 아파 왔다.

그에게 있어서 북한은 골칫덩어리였으니까.

달라는 것은 많은데 나오는 건 없는 독재국가.

짐덩이일 뿐인 동맹.

차라리 망했으면 하는데 그러자니 한국과 국경을 맞대는 게 부담스럽고, 침략하자니 동맹을 침략해 봤자 세상에서 날아오는 건 욕뿐인 데다, 그걸 감수하고 점령하자니 핵을 쥐고 있는 새끼들이라 최후의 발악으로 북경에 핵을 쏴 버리면 좆 되는 건 자기들뿐이다.

그러니까 지금 중국이 북한을 밀어주는 건 그들과의 건실한 미래를 위해서가 아니라 사고나 좀 덜 치라고 돈 좀 쥐여주는 수준이다.

그런데 그런 곳이 아프리카에도 생긴다고 생각하니 벌써부터 머리가 아파 올 수밖에 없었다.

"그리고 무사 수칸은 반골 기질이 너무 강합니다."

하긴, 그러니까 조금만 자극했는데도 바로 쿠데타를 일으켜서 권력을 잡은 거다.

이를 반대로 말하면, 힘을 쥐면 중국에도 반골 기질을 드러낼 놈이라는 소리다.

"더 이상의 무기를 제공하는 건 하책입니다."

"가장 좋은 방법은?"

"손을 떼는 겁니다."

"손을 뗀다고?"

"네. 그냥 있는 걸로나 잘 먹고 잘 살게 하는 게 정답입니다."

다른 나라를 집어삼킨다는 계획은 글러 먹었다.

더는 돈을 퍼 줘 봐야 의미가 없다는 소리다.

"할 수 없군."

샹량핑 입장에서도 아프리카에 북한 같은 꼴통 하나 만들어 놔 봐야 머리만 아프기에 결국 인정할 수밖에 없었다.

하지만 그들은 몰랐다, 노형진이 그럴 것을 예상하고 기다리고 있었다는 걸.

일어날 일은 일어난다

얼마 뒤, 노형진은 남상진에게서 어떤 소식을 들었다.

"중국에서 무사 수칸에게 손을 뗀 모양이더군."

"그럴 거야. 다른 나라를 공격하기에는 부담스러울 테니까."

예상대로 일이 벌어진 것이었기에 노형진에게 그 소식 자체는 그다지 놀랍지 않았다.

정작 놀라운 것은 따로 있었다.

"그런데 그건 또 어떻게 안 거야? 뭐, 무사 수칸에게 전화라도 했어?"

"그럴 리가 있냐? 매물이 사라졌어."

"매물?"

"그래."

암시장에 나와 있던 중국산 매물들, 특히 중장비 매물이 한꺼번에 싹 사라지고 일부 소총과 경장비 정도만 남았다고.

"딱 과거의 상황으로 돌아간 거지."

"무슨 소리인지 알겠네."

원래 암시장을 통해 넘기던 걸, 이제 손 털었으니 더 이상 줄 생각이 없다는 거다.

"무사 수칸이 지랄하겠네."

"지랄이야 하겠지만, 그렇다고 뭘 하지는 못할 거야."

손해 본 게 없으니까.

고작 중위에서 한 나라의 권력자가 되었다. 그리고 아무리 2세대라지만 아프리카에서는 비교하기도 힘든 규모의 화력을 손에 넣었다.

그런 상황에서 중국이 다른 나라의 침략을 포기하고 물러난다고 해도 무사 수칸이 손해 보는 건 전혀 없다. 도리어 어떻게 보면 이득이다.

"받을 건 다 받고 나서 거래가 깨진 거니까."

즉, 자신이 해 줄 것만 남았는데 그걸 안 해도 되게 되었으니 도리어 만족스러운 상황이 되었다는 거다.

"남 좋은 일만 시킨 것 같기는 한데."

남상진은 약간은 아쉽다는 듯 말했다.

"아프리카 국가들이 의뢰하니까 손해를 보지는 않겠지만 말이야."

자신들을 지킬 수 있는 힘을 원하는 건 당연한 일.

물론 반인륜적인 독재국가들까지 계약한 건 아니지만 여기저기 국가들과 계약한 덕에 마이스터의 민간 군사 기업은 적지 않은 수익을 내고 있었다.

"하지만 그래도 빼앗긴 곳에 비해서는 수익이 작잖아."

아무리 군사 기업에서 조금씩 수익이 난다고 해도 무사 수칸이 빼앗은 기니의 공장과 농장만큼은 아니다.

"알아."

"그러니 결국 손해겠군."

"그럴 생각 없는데."

"그럴 생각이 없다고?"

"내가 왜 중국이 거기에서 손 떼게 만들었는데."

그곳에 있는 공장과 농장을 그대로 가져다가 헌납할 생각 따위, 애초부터 노형진에게는 없었다. 당연히 되찾아 올 생각이었다.

"하지만 그놈이 주겠냐고."

이미 거기에 빨대를 꽂아 빨아먹을 생각뿐일 텐데.

말이 국유화지 사실상 사유화된 거나 마찬가지인데 그걸 돌려줄 리가 없지 않은가?

"물론 그렇겠지. 하지만 말이야, 반대로 말하면 그놈만 없어지면 그곳을 돌려받을 수 있다는 뜻이야."

"그게 불가능하다는 거잖아. 네가 독재국가에서 독재자의 힘을 겪어 보지 못해서 모르는 모양인데, 진짜 아프리카 독재국가의 힘은 그냥 법이자 진리야."

마음에 들지 않으면 사람들 앞에서 머리에 총알을 박아도 누구도 뭐라고 못 하는 게 그들의 권력이다.

"알아."

"그리고 너는 기업인이고, 기업인이 특정 국가를 침략하는 건 불법이라고."

설사 그 나라에 재산을 통째로 빼앗겼어도 말이다.

"그것도 알지."

"그런데 뭘 어떻게 하려고?"

"내가 아니라 내부에서 다시 한번 쿠데타를 일으키면 되는 거 아니야?"

"장난해? 그 자체가 불법이라고."

"내가 하면 불법이지."

노형진은 씩 하고 웃었다.

확실히 기업이 특정 국가에서 쿠데타를 유도하는 것은 명백한 불법이고, 어떤 나라에서도 그걸 좋아하지 않는다.

"하지만 그걸 내가 하지 않으면 그만 아니야?"

"뭐?"

"이미 관심을 가진 나라가 한 곳 있지."

그리고 그걸 이제 슬슬 시작할 시기였다.

미국은 기니에 상당한 기간 공을 들였다.

기니는 친중 정권이었기에 그걸 뒤집기 위해 안에서 오랜 시간 쿠데타를 준비했다.

그런데 중국이 먼저 쿠데타를 일으켜 버렸고, 그 바람에 상황이 미묘해졌다.

"우리 거짓말하지 말죠. 솔직하게 말합시다."

그 말에 스미스 요원은 고개를 끄덕거렸다.

물론 노형진은 그것도 믿지 않았다. 애초에 진실과 정보 요원은 반대말이나 마찬가지 아니던가?

그럼에도 불구하고 노형진이 스미스 요원을 부른 건 다름 아닌 기니의 문제 때문이었다.

"기니 쿠데타 준비 중이죠?"

"미국은 다른 나라에 내정간섭을 하지 않습니다."

'안 하긴 개뿔.'

대놓고 안 한다는 것뿐이지 현실적으로 은근히 하는 게 한두 개던가?

"진짜요?"

"그렇습니다."

"그러면 우리가 기니를 공격해 들어가는 건?"

"그걸 감당할 자신이 있으십니까?"

"못 할 것도 없죠. 우리가 직접 하지만 않으면 되는 거 아닙니까?"

"설마, 시에라리온이라도 이용할 생각입니까?"

"불가능한 건 아니죠."

노형진이 싱글벙글 웃으며 말하자 스미스 요원은 불편한 표정을 지었다.

"……우리랑은 상관없습니다."

"그래요? 그러면 이제 우리가 뭘 하든 CIA와는 상관없이 일하면 되겠네요?"

"……."

쉽게 말해서 CIA가 활동 자금을 벌겠다고 마이스터에 꽂아 둔 빨대를 모조리 빼겠다는 소리다.

노형진도 그걸 알지만 CIA가 그를 보호하는 조건으로 모른 척하고 있었다.

"……."

'역시나 그렇지.'

그 말에 스미스는 아무런 대꾸도 못 했다.

아마도 그는 노형진이 미다스라는 건 모를 거다. 하지만 CIA가 마이스터에 빨대를 꽂았다는 건 안다.

그러니 확답을 못 하는 거다.

"저희가 요구하는 건 무리한 게 아닙니다. 저희는 저희 공장을 돌려받고 싶은 겁니다. 당신들도 오랜 시간 준비한 작전을 날려 버리고 싶지는 않을 거 아닙니까?"

"……."

"뭐, 거절하신다면 저희 입장에서는 손실을 막기 위해서라도 CIA가 가지고 가는 만큼 우리가 다 먹어야 합니다."

"……."

"입 다물고 있을 거라면 돌아가세요."

"제게는 권한이 없습니다."

노형진은 미소를 지었다.

그가 왜 그러는지 안다. 하지만 또 동시에 그게 거짓말이라는 것도 안다.

"다른 사람도 아닌 저한테 아무 권한도 없는 사람을 붙였다 이겁니까? 웃기는군요. 진짜 손절 하자는 의미군요."

그 말에도 스미스는 애써 표정을 유지했다. 하지만 그다음 순간 그의 얼굴이 딱딱하게 굳었다.

"벤 팀장님, 제가 더 이상 무슨 말을 해야 할까요?"

상대에게 자신의 신분이 드러났음을 알게 된 순간 스미스, 아니 벤은 심장이 덜컥 내려앉았다.

극비인 자신의 신분을 정확하게 꼬집다니.

"설마 제가 아무것도 몰라서 그냥 정보만 준 것 같습니까? 어디 한번 끝까지 가 볼까요?"

싱글벙글 웃으며 말하는 노형진.

그러자 벤은 당혹감에 어쩔 줄 몰라 했다.

"기존 분들은 저랑 기브 앤드 테이크가 확실했죠. 하지만 당신은 그렇지 않은 것 같네요."

적당히 노형진을 속여 정보만 빨아먹으면 자신의 능력을 어필하면서 높은 곳으로 갈 수 있을 거라고, 그는 생각했다.

그랬기에 노형진 담당으로 배치된 후로 정보를 거의 주지 않고 받아 오기만 했다.

"원하신다면 중국에다가 팀장님의 가족에 대한 정보도 드릴 수 있습니다. 따님들이 아직 유치원 다니시죠? 애 둘 키우는 게 힘드실 텐데요. 아, 그러고 보니 아내분은 그냥 해외 여행사 한국 지부에 있는 걸로 알고 계시다면서요? 이런, 이런. 중국 요원들이 아내분을 어떻게 할까요?"

그 말에 벤은 할 말이 없어졌다.

설마 자신의 모든 걸 다 알고 있을 줄이야.

하지만 사실 그건 노형진이 그가 손을 올려 둔 테이블을 통해 읽어 낸 기억에서 추려 낸 정보였다.

그러나 그 사실을 모르는 벤은 애써 웃으며 말했다.

"……대단하시군요."

"웃을 일이 아닐 텐데요? 충분히 경고를 들으셨을 텐데."

실제로 한국에 올 때 CIA에서는 그에게 노형진과 마이스터의 정보력이 어떤 면에서는 자신들 이상이니 필요 이상으로 자극하지 말라고 경고했었다.

하지만 벤은 그 말을 어겼고, 심지어 경고를 무시하고 뜯어먹으려고 했다.

"뭘 원합니까?"

만일 그가 마음에 들지 않는다는 이유로 중국 요원에게 자신의 정보를 넘긴다면? 자신은 곱게 죽기는 글러 먹은 거다.

중국뿐만 아니라 미국도 정보의 안전을 위해 자신을 처분할 수밖에 없으니까.

"우리 장난하지 말죠."

"저는 아프리카 담당이 아닙니다만."

"하지만 제가 기니에 대해 물어봤으니 그쪽 작전을 알아봤을 것 아닙니까? 아닌가요?"

"끄응."

그 말에 벤은 이를 악물었다.

그리고 결국 인정할 수밖에 없었다, 노형진을 속이는 건 불가능하다는 걸.

"맞습니다. 알아봤죠."

"그러니까 진실을 말하시죠."

"우리는 인정 못 합니다."

"뭐, 그러면 긍정도 부정도 하지 마세요."

그 말에 노형진은 벤에게 느긋하게 말했다.

그가 긍정도, 부정도 하지 않아도 그의 기억을 읽으면 그만이니까.

"기니에서 작전이 뒤집어졌죠?"

"……."

'그러네.'

사실 기니는 민주국가였다. 전 정권은 분명 투표를 통해 선출된 정권이었다.

민주국가가 정권을 잡고 친중을 한다고 하면 미국이라고 해도 섣불리 손대지 못한다.

'실제로 회귀 전에도 그게 문제가 되기는 했지.'

아무리 기존 정권이 슬슬 독재 정권으로 넘어가려고 하는 분위기였다고 해도 외적인 이미지는 분명 민주 정권이었으니까.

사실 전 정권은 2010년에 국민투표로 정권을 잡은 민주 정권이 맞다. 하지만 수많은 아프리카 권력자들이 그랬던 것처럼 부패하기 시작하더니 헌법 개정을 통해 장기 집권을 시도했다.

즉, 독재자의 길에 들어서는 와중이었다는 소리다.

하지만 그렇다곤 해도 쿠데타는 민주 정권을 뒤집은 것이었고, 그 후에 성공 여부와 상관없이 민주 정권을 뒤집은 쿠데타 세력은 좋은 소리를 듣지 못했다. 외부적으로는 말이다.

'하지만 이미 민주 정권은 무너졌지.'

회귀 전의 쿠데타 세력은 전 대통령도, 전 장관들도 처형하지 않았다.

출국을 금지하기는 했지만 법과 원칙에 따라 처벌하겠다

고 했고 실제로 그렇게 했다.

그에 반해 무사 수칸은 그들을 잡자마자 머리에 납탄을 박아 넣고 시신을 수도 한복판에 매달았다.

'그 상황에서 공들이던 장교가 멀쩡할 리가 없지.'

그랬기에 노형진은 핵심을 훅 찌르고 들어갔다.

"주마디 디부야. 어디 갔습니까?"

"그걸 어떻게!"

벤은 이번에는 진짜로 놀랐다. CIA 내에서도 최고 등급 비밀이었으니까.

그러나 이번에는 기억을 읽은 게 아니다. 회귀 전에는 그가 쿠데타 사령관이었기 때문에 알고 있는 것뿐이었다.

당연히 그가 미국의 지원을 받아서 뒤집은 거라고 볼 수 있다.

"그걸 물어볼 처지는 아닌 것 같습니다만?"

"끄응……."

그 말에 벤은 잠깐 고민하다가 결국 고개를 끄덕거렸다.

자신의 욕심이 노형진과의 사이를 비틀었으니 지금이라도 복구하기 위해 노력해야 했다.

"도피 중입니다."

"역시나."

고작 중위 계급이던 무사 수칸이 다른 자들을 제치고 어떻게 병력을 동원해 쿠데타를 일으킬 수 있었겠는가? 바로 돈이다.

병사들과 장교들에게 돈을 주고 자기가 시키는 대로 하게 한 거다.

정상적인 국가라면 말도 안 되는 소리지만 기니는 아직 생존이 우선인 나라.

"그런 상황에서 누군가는 주마디 디부야에 대해 이야기하지 않았을 리가 없죠."

똑같이 쿠데타를 노리는 두 명의 사람들.

당연히 주마디 디부야 역시 그들에게 돈을 주고 쿠데타를 노리던 상황이었을 거다. 그런데 무사 수칸이 먼저 쿠데타를 일으킨 것이다.

그런 상황에서 그에게 돈을 받은 이들 중 단 한 명도 주마디 디부야에 대해 말하지 않았을 가능성은 낮다.

그리고 그 사실을 안 권력자가 다른 쿠데타 세력을 가만두었을 리도 없다.

실제로 주마디 디부야는 무사 수칸의 쿠데타를 기점으로 도주 중이었다.

"알면서 물어보는 겁니까? 그러면 주마디 디부야가 좋은 놈이 아니라는 것도 아실 텐데요."

"알죠."

사실 주마디 디부야가 믿을 만한 민주주의 신봉자는 아니다.

그 역시도 전형적인 아프리카의 사람이고 또한 권력자다.

심지어 한때 전 정권의 오른팔이기도 했다.

"전 정권에서 그를 죽이려고 했다는 것도."

"허."

실제로 주마디 디부야가 쿠데타를 일으킨 이유는 민주주의를 위해서나 미국을 세계 질서의 축이라고 생각해서가 아니다.

전 정권에서 자기를 죽이려고 하는 상황에서 살 방법은 쿠데타뿐이었고, 그 시점에 미국이 접근했을 뿐이다.

그가 민주주의 정권을 지지한 것도 미국의 요구였고 말이다.

미국의 요구가 없었다면 그는 독재자가 되었을 거다.

"중요한 건 그거죠. 그가 아직 살아 있다는 것."

"끄응……."

"CIA에서 아직 보호하고 있을 것 같은데?"

"맞습니다."

주마디 디부야는 아직 기니의 안가에서 CIA의 보호를 받고 있다.

"그를 이용해서 다시 한번 쿠데타를 일으키죠."

"무리입니다. 윗선에서는 그를 처분할 계획이에요."

왜냐하면 이제 CIA에 있어 주마디 디부야는 아무런 가치도 없기 때문이다.

중국에서 무사 수칸의 필요성이 사라지자 무기 공급을 끊은 것처럼 말이다.

"물론 지금으로서는 그가 가치가 없죠."

왜냐하면 그를 따르는 지지 세력도, 또 그가 이끌 병력도 없으니까.

"하지만 제가 중국을 기니에서 빼 드렸잖습니까?"

"그거야……."

벤은 그 말을 인정할 수밖에 없었다.

중국이 정말 완전히 빠진 건 아니지만 최소한 무사 수칸에 대한 지원은 끊어 버렸기 때문이다.

그건 절대로 쉬운 일이 아니었다.

미국조차도 뻔히 중국이 지원해 주는 걸 알면서도 막을 방법이 없어서 구경만 하다가 노형진이 민간 군사 기업을 세운다고 하자 옳다구나 하고 지원해 준 것 아닌가?

주변 국가에 CIA가 들어가는 건 대부분 반미주의가 심해서 불가능한데, 그렇다고 무기를 팔거나 넘겨주자니 그들이 그걸로 학살을 벌일 가능성이 있어 위험했으니까.

하지만 노형진은 민간 군사 기업이라는 이름으로 중립을 유지하면서도 그들이 자신들을 학살에 동원하지 못하게 하는 조건으로 기니에 들어가 중국이 공격을 포기하게 만들었다.

"그러니까 주마디 디부야가 쿠데타를 일으키면 확실히 자리를 잡을 수 있을 텐데요?"

"하지만 세력이 없습니다만."

"세력이 없지만 그가 있지요."

다른 사람도 아닌 주마디 디부야 그 존재 자체가 가장 강력한 무기다.

"저한테 맡기세요, 뒤집어 드릴 테니까. 후후후."

노형진은 자신이 있었다.

⚖️

쿠데타라는 것은 그를 위한 지원이 있어야 한다.

특히 군사력이 약한 나라의 경우는 이권에 영향을 많이 받는다.

아니, 거의 99%의 쿠데타는 사실상 이권이 목적이다.

나라를 구하기 위한 구국의 결단?

애석하게도 그런 쿠데타 세력은 거의 없고, 설사 있다고 해도 대부분 그 끝이 비참하다.

왜냐하면 쿠데타를 일으킨 사람은 구국의 결단이라고 생각할지 모르지만 아래에서는 기왕 잡은 권력, 천년만년 누리고 싶어 하기 때문이다.

그래서 아이러니하게도 쿠데타가 성공한 경우 쿠데타 세력의 가장 큰 적은 기존 정권도, 외부 세력도 아닌 쿠데타를 주도한 사람 아래에서 기회를 노리는 부하다.

그리고 그 사실을 무사 수칸 역시 잘 알고 있었다.

그런데 그런 그의 귀에 들어온 정보는 생각지도 못한 것이었다.

"뭐? 마이스터 민간 군사 기업이 우리 애들과 만남을 가졌어?"

"정확하게는 은밀하게 만나기 위해 자기네 인원을 파견했다고 합니다."

마이스터 군사 기업.

갑자기 생겨나 자신의 계획을 방해한 놈들.

하지만 동시에 그들이 방어해 준 덕에 중국에서 되는대로 다 받아먹고도 전쟁에 나서지 않아도 돼서 다행이라고 생각했다.

왜냐하면 아무리 중국이 지원해 준다고 해도 다른 나라와 전쟁하는 것은 부담스러운 일이기 때문이다.

서방은 전통적으로 아프리카에 관심이 없긴 하지만 그렇다고 해서 언제까지고 관심을 가지지 않을 리는 없으니까.

"빌어먹을."

문제는 자신이 마이스터에서 투자한 공장과 농장을 빼앗았다는 거다.

말이 국유화지 독재자에게 있어서 국가는 그의 사유재산이나 다름없다. 당연히 그 공장과 농장도 자신의 것이다.

그리고 그 사실을 마이스터도 알고 있다.

그런데 마이스터가 미쳤다고 중립이라는 조건을 깨고 자신들의 편에서 기니를 방어해 주겠는가?

그럴 거라면 자신과의 만남을 요구했지 자신 몰래 부하들과의 만남을 요구할 리가 없다.

"이놈들이 설마?"

이 상황에서 도출되는 가능성은 단 하나.

부하를 지원해서 쿠데타를 일으키게 해 빼앗긴 자산을 돌려받으려는 거다.

"그 정보는 어디에서 들어온 거야?"

기니에는 딱히 정보 라인이라는 게 없다.

아직 무력에 기대는 통치에 기반하고 있기에 감시, 감청 같은 정보전을 제대로 할 줄 모른다. 그랬기에 처음에는 정보의 진위를 의심했다.

하지만 그다음 말에 무사 수칸은 침음성을 흘려야 했다.

"우리와 거래하던 무기 상인들이 한 말입니다."

"빌어먹을."

그런 거라면 확실히 없는 말은 아닐 것이다. 무기 상인들은 정보에 예민하니까.

더군다나 자신들과 거래하던 무기 상인이라고 하면 중국통이다.

즉, 이 정보의 출처가 중국이라고 해도 무방했다.

"그러면 진짜로 쿠데타를 일으키겠다는 거야?"

물론 이건 어느 정도 사실이다.

노형진은 노골적으로 무사 수칸 휘하의 장군이나 장교에게 무차별적으로 접촉하면서 그 사실을 대놓고 무기 상인들에게 흘리고 있었다.

하지만 그들이 만나든 또는 만나지 않든 그건 중요한 것이 아니었다.

중요한 건 마이스터가 '너를 뒤집을 준비를 하고 있다.'라고 신호를 보내고 있다는 것이었다.

"그것 말고는 이유가 없지 않습니까?"

그러니 이미 무사 수칸과 한배를 탄 극소수의 장교들은 그 사실을 무사 수칸에게 보고할 수밖에 없었다.

"그걸 막으란 말이야! 이 새끼야!"

"현재로서는 마땅한 방법이……."

문제는 그거다. 극소수의 장교.

애초에 무사 수칸은 고위 장교도 아닌 고작 중위였다. 그나마도 중국에서 준 돈으로 쿠데타를 일으킨 거다.

그런 상황에서 무사 수칸에게 충성할 사람은 그다지 없다.

돈이 목적이었던 거지, 그에게 충성심을 가지고 있는 게 아니니까.

이는 누군가가 돈을 주면서 쿠데타를 요구하면 순순히 따를 거라는 뜻이기도 했다.

"누군데?"

"알 수가 없습니다. 소문은 들었지만……."

정보를 제공한 브로커도 아는 건 딱 거기까지였다.

애초에 마이스터에서 누구와 만날지까지 시시콜콜 이야기

할 리도 없고 말이다.

"빌어먹을."

그 말에 무사 수칸은 공포감이 밀려왔다.

중국에서 지원받은 기갑 세력이 자신에게 밀려오는 상상을 하자 숨이 막히고 손발이 벌벌 떨렸다.

자신이 잔인하게 죽인 수백 수천 명의 사람들.

그들처럼 자신의 몸이 걸레짝이 되어 바닥을 나뒹굴 거라는 생각을 하자 미칠 것만 같았다.

"의심스러운 놈들을 모조리 찾아내!"

"알겠습니다."

부하는 고개를 끄덕거렸지만 사실 마땅한 방법이 없었다.

제대로 된 정보 조직도 없는 쿠데타 세력 아닌가?

그나마 있던 정보 조직은 전 대통령의 숙청과 함께 모조리 모가지를 따서 사막에 가져다 버렸다.

'젠장, 누군 줄 알고.'

부하는 돌아서서 조용히 고민할 수밖에 없었다.

⚖️

"네 말대로 소문은 냈는데, 진짜로 무사 수칸을 축출하려고?"

"그래야지."

"기업으로서의 선을 넘는 행위라는 건 알고 하는 거냐?"

남상진은 어이가 없어서 노형진에게 물었다.

그는 노형진의 부탁을 받고 무기 상인들에게 마이스터가 무사 수칸의 부하들과 접촉하고 있다는 소문을 마구 낸 참이었다.

하지만 요청대로 움직이면서도 그는 그런 요청을 한 노형진을 이해할 수가 없었다.

아무리 자산이 털렸다지만 기업이 전쟁을 일으키는 행위는 선을 넘는 것이 아닌가?

그러나 노형진은 아무런 근심 걱정도 없는 얼굴로 그에게 되물었다.

"선? 내가 무슨 선을 넘었는데?"

"지금 민간 군사 기업을 이용해서 군 내부의 쿠데타 세력과 손잡고 기니로 쳐들어가겠다는 것 아니야?"

"내가?"

"그래."

"왜?"

"응?"

그 말에 남상진은 사고가 멈추는 것을 느꼈다.

지금까지 자신이 낸 소문은 그럼 뭐란 말인가?

"네가 공격하겠다고 소문을 내라며?"

"정확하게는 공격이 아니라 내부 장교들과 만남을 가지려 한다는 소문을 내 달라고 한 거지."

"그거나 그거나."

"그거나 그거나가 아니야. 나는, 아니 우리는 진짜로 전쟁할 생각이 없어. 우리는 무사 수칸과 제대로 협상해서 돌려받을 생각이야."

노형진의 말에 남상진은 어이없는 표정이 되었다.

"무슨 개수작을 벌이겠다는 거야? 무사 수칸이 그걸 돌려줄 것 같아?"

"협상해 봐야지. 문제는 무사 수칸이 우리를 만나 주지 않는다는 거지."

노형진은 어깨를 으쓱하면서 말했다.

"그러니 그 휘하 장교를 이용해서 다리를 좀 놔 달라고 부탁하는 것뿐이야."

"미쳤냐? 그 재산을 모조리 꿀꺽한 무사 수칸이 잘도 너를 만나겠다."

"그러면 어쩔 수 없고. 하지만 우리도 우리 재산을 돌려받기 위해 최대한 노력을 해야 할 거 아냐."

"그걸 왜 부하들에 부탁하느냐고. 만나 주지도 않을 텐데."

"안 만나 줘도 어쩔 수 없다니까."

"아니, 애초에 무사 수칸이 그걸 믿을 리가……."

말을 하던 남상진의 표정이 미묘해졌다.

확실히 무사 수칸이 그 말을 믿을 리가 없다. 그게 독재자들의 성격이다.

심지어 자신조차도 믿지 않는데, 하물며 독재를 하면서 모든 자산을 압류한 무사 수칸이 그걸 믿을 리가 없다.

"이런 미친 새끼가?"

　확실히 노형진의 말대로라면 그건 불법이 아니다. 기업의 입장에서는 너무 당연한 일이다.

　손실을 최소화하고 싶은 게 기업이니, 기업의 입장에서는 돈을 좀 쥐여 주더라도 기니에 있는 공장과 농장을 되찾거나 하다못해 시설을 넘기는 대가라도 좀 받으려고 하는 게 불법이나 선을 넘는 행위는 아니지 않은가?

"내가 뭐? 잘못했냐?"

　잘못한 게 없다. 문제는 그거다.

　잘못한 건 없지만 노형진의 뒤에는 이미 기니쯤은 찜 쪄 먹을 수 있는 수준의 무력이 있다.

　그리고 노형진이 외부에 공표한 내용에는 내전에 참가하지 않는다는 이야기가 없다.

"그걸 노린 거냐?"

"내가 뭘?"

　분명히 마이스터 민간 군사 기업의 조항에는 이런 내용이 있다.

　'국민에 대한 학살을 좌시하지 않는다.'

　이건 해석이 애매하다.

　그런 행동을 하는 국가들과의 거래를 끊는다고 해석할 수도 있지만, 그런 행동을 하는 국가들에는 반군에 무력을 제공할 수도 있다는 의미로 해석될 수도 있는 내용.

"한국이 훈련할 때마다 북한이 게거품을 물면서 펄쩍 뛰는 데에 뭐, 이유가 있겠어? 흐흐흐."

훈련하던 국군과 미군이 갑자기 방향을 바꿔서 북한으로 진격할 것도 아닌데 북한은 그들이 훈련할 때마다 포를 쏘고 미사일을 쏘고 방송을 통해 미제 앞잡이 운운하며 지랄을 한다.

이유는 간단하다.

무섭기 때문이다.

자신이 저들보다 약하다는 것을 알기에, 내부에서 저들과 손잡고 쿠데타를 일으킬 가능성을 무시 못 하는 거다.

그런 상황인 만큼 한국이 훈련할 때마다 허세를 떠는 거다.

그래야 자신이 강하다는 걸 어필할 수 있으니까.

그에 비해 한국은? 북한에서 뭘 하든 신경도 쓰지 않는다.

핵전쟁이 아닌 이상 북한군이 한국군을 이길 가능성은 0%라는 걸 알기 때문이다.

"원래 말이지, 짖는 개는 물지 않는다고 하잖아."

무사 수칸은 지금 마이스터를 두려워하고 있다.

문제는, 마이스터는 민간 군사 기업이라 도발해 봐야 의미가 없다는 거다.

그렇다고 남의 나라를 도발했다가는 그 나라와 계약한 마이스터에서 구룡으로 자국 내 부대를 박살 낼 가능성이 크다.

"그러면 방법은 하나뿐이지."

두려움은 자신을 좀먹기 시작한다. 그리고 독재자는 살아남기 위해 철권을 휘두른다.

문제는 그게 날아올 때, 과연 아프리카의 군인들이 그냥 곱게 맞아 죽겠냐는 거다.

애초에 주마디 디부야가 미국의 포섭 대상이 된 이유가 뭔가?

전 정권의 핵심 인물이었지만 동시에 축출 대상이었기 때문이다.

아프리카 국가에서, 그것도 독재국가에서 축출이란 정치적 은퇴를 의미하지 않는다. 오직 죽음을 의미할 뿐이다.

"우리는 기다리면 되는 법이지, 후후후."

⚖️

무사 수칸의 편집증은 빠르게 진행되었다. 그리고 그런 편집증을 자극하는 요소가 더더욱 빠르게 발견되었다.

"주마디 디부야가 살아 있어?"

"네, 그리고 일부 장성들과 접촉했다고 합니다."

주마디 디부야. 그놈이 살아 있단다.

물론 자기가 직접 죽이지도 못했고 모가지를 따 온 것도 확인하지 못했으니 살아 있을 가능성에 대해 생각하지 않은 건 아니다.

하지만 그놈이 장성들과 접촉한다는 이야기는 전혀 다른 문제다.

정확하게는 주마디 디부야의 이름으로 발송된 메일 정도였다.

주마디 디부야는 메일을 통해 장성들에게 무사 수칸을 축출하자고 설득하고 있었다.

"이런 미친."

장교도 아니고 장성급.

그들 아래에 있는 기갑부대와 보병 부대가 자신에게 등을 돌리면 살아남을 수 있을까? 불가능하다.

'그놈이 아직 포기를 안 했다고?'

자신이 쿠데타를 일으킨 후에 일부 부하 놈들이 그랬다.

주마디 디부야가 쿠데타를 준비했다고.

그놈을 축출하지 않으면 당할 수 있다고.

그래서 다급하게 그를 추적했지만, 이미 그는 도주한 후였다.

죽이지 못해서 아쉬웠지만 군권을 잃어버린 주마디 디부야 정도는 더 이상 위협이 되지 못한다고 생각해서 완전히 잊어버리고 있었다.

그런데 그놈이 아직도 포기하지 못하고 다른 장성들과 접촉하고 있다니.

"더군다나 그놈이 마이스터와 접촉하고 있다는 정보도 있습니다."

"마이스터?"

"네."

"설마, 마이스터 이 개 같은 새끼들이!"

아마도 마이스터는 주마디 디부야를 앞세워서 자신을 척살할 계획일 것이다.

자신이 그랬던 것처럼 장성들과 장군들에게 돈을 주고 쿠데타 세력에 붙도록 해서 말이다.

그러고는 권력을 주마디 디부야에게 주고 그 후에 자신들의 공장과 농장을 돌려받을 속셈일 것이다.

문제는 자신은 그걸 막을 수가 없다는 거다.

돈을 줘야 하는 중국 새끼들은 타국으로 밀고 들어갈 수 없다고 판단되자 딱 선을 그었다.

물론 자신도 돈이 있다. 중국에서 받아먹은 돈이 한두 푼이 아니니까.

하지만 그 돈을 남에게 주는 건 아까웠다.

그리고 장기적으로 보면, 자신이 줄 수 있는 돈보다 마이스터가 줄 수 있는 돈이 훨씬 많았다.

"이 개 같은 놈들이."

사실상 쿠데타는 확정적이다. 그런 생각이 들자 무사 수칸의 머릿속에는 그걸 막기 위한 단 하나의 방법만이 생각났다.

"그래서, 주마디 디부야와 연락을 주고받은 놈이 누구라고?"

"저는 아닙니다, 각하! 저는 아닙니다."

갑작스럽게 열린 회의.

그리고 그 회의에 참석하기 위해 대통령 궁에 들어온 장성 중 일부가 질질 끌려 나갔다.

저항? 그런 건 불가능했다.

애초에 쿠데타 이후로 대통령 궁에 들어올 때는 경호원을 대동하기는커녕 무장도 할 수 없었으니까.

"제발, 저는 충성을 다할 겁니다."

주마디 디부야와 연락을 주고받은 것으로 의심되는 세 명 의 장성들.

그들은 대통령 궁 뒤로 끌려 나갔다.

그런 그들을 기다리는 것은 처형대였다.

그런데 평범한 처형대도 아니었다.

세워진 세 개의 기둥. 그리고 그 앞에 거치되어 있는 중국 의 77식 중기관총 1정.

"제발…… 살려 줘."

"히끅."

미래를 알게 된 장성들이 절박하게 몸부림쳤지만 이미 눈 이 돌아간 무사 수칸에게는 전혀 닿지 못했다.

"묶어! 어서!"

"네, 각하!"

그의 경호원들은 세 사람을 질질 끌고 가 세워진 기둥에 묶었다. 그리고 무사 수칸이 직접 중기관총을 잡았다.

"으아아!"

"죽여 버릴 거야! 무사 수칸!"

"저주하겠다!"

이미 살 수 없다고 생각한 세 사람의 저주.

그러나 무사 수칸은 그걸 듣지도 않았다.

그 대신에 방아쇠를 당겨서 세 사람에게 12.7mm의 총탄을 미친 듯이 쏴 대기 시작했다.

12.7mm는 서방으로 치면 50구경 중기관총 대구경탄이다. 그런데 그걸 근거리에서, 연발로 맞았으니 사람의 몸이 견딜 리가 없었다.

삽시간에 처형대 주위로 살점이 걸레짝처럼 널브러지고 피가 흥건하게 흘렀다.

"······."

"······."

그걸 보면서 장성들과 장교들은 침묵을 지켰다.

그들도 숱하게 많은 민간인을 학살했지만 자기들과 비슷한 위치의 사람이 죽는 걸 보자 할 말이 없었다.

"다음."

그런데 처형은 그게 끝이 아니었다.

무사수칸의 말이 떨어지자 경호원들이 침묵을 지키는 사람들 중에서 세 사람을 끌어냈다.

"자…… 잠깐……!"

"난 아무것도……! 억울해! 억울하다고!"

그들은 공포에 몸부림쳤지만 바뀌는 건 없었고, 그렇게 그들의 미래는 결정되었다.

⚖️

"이대로라면 모조리 죽게 생겼습니다."

대통령 궁에는 피가 마를 날이 없었다.

농담이나 과장이 아니라 실제로 그랬다.

하루 평균 세 명 이상이 무사 수칸의 잔인한 행동에 목숨이 날아갔다.

조금만 마음에 들지 않으면 정원에 설치된 중기관총으로 시체가 걸레짝이 될 때까지 쏴 대는 처형 방식.

재판도 없었고 항의도 먹히지 않았다.

군인이나 장성에게만 해당되는 일이냐 하면 그것도 아니다.

무사 수칸은 자신이 먹는 커피가 평소와 맛이 다르다는 이유로 독을 탄 게 아니냐면서 그걸 타 온 여자를 끌어내서 중기관총으로 박살을 냈다.

애초에 독을 탔다면 총을 쏘러 가기도 전에 죽었어야 했지만 그는 이미 그렇게 판단할 능력 자체를 잃어버린 상황이었다.

"이대로 다 죽을 겁니까?"

주마디 디부야는 차갑게 말했다.

전이라면 자신이 무사 수칸의 부하들과 만난다는 것 자체가 불가능했을 거다.

하지만 상황이 이 꼴이 되자 그들은 살아남기 위해 먼저 주마디 디부야에게 연락해 왔다.

자신들이 직접 쿠데타를 일으킬 수도 있었지만 그러기에는 너무 큰 문제가 있었기 때문이다.

"하지만 그에게는 탱크가 있습니다."

무사 수칸은 자신이 위험하다고 생각하자 기갑 전력을 싹다 빼서 자신의 휘하에 배치했다. 그리고 그걸 지휘하는 병력으로 친척들을 배치했다.

물론 그들은 군사작전에 대해 전혀 모르지만 한 가지는 확실했다.

그들은 절대로 쿠데타에 참가하지 않을 거다. 그랬다가는 다 죽을 테니까.

이런 상황에 새로운 쿠데타 세력은 그들을 이길 방법이 없었다.

아무리 2세대 중국의 구형 전차라고 해도 절대 보병만으로는 이기지 못한다.

"탱크와 장갑차 그리고 자주포까지 모조리 그들 아래에 있습니다. 우리한테 있는 거라고는 오로지 총뿐입니다."

심지어 아프리카에서 가장 흔한 대전차무기인 RPG-7조차도 모조리 수거해 갔기 때문에 대전차 전력은 전무했다.

"이 상황에서 우리가 어떻게 그들을 이긴단 말입니까?"

아무리 2세대 전차라고 해도 소총으로 이길 대상은 아니다. 그랬기에 그들이 주마디 디부야를 찾아온 것이다.

"마이스터에서 대전차무기를 지원받을 수 있겠습니까?"

마이스터가 주마디 디부야에게 접촉했다는 소문이 있으니까.

아니, 그건 거의 정설로 받아들여지고 있다.

그리고 마이스터에는 이미 적지 않은 수의 대전차무기가 있다고 알려져 있다.

그것도 RPG-7 같은 구형이 아니라 한국의 현궁 대전차미사일이다.

그거라면 충분히 중국의 2세대 전차를 제압할 수 있다.

"불가능합니다."

"네?"

그 말에 무사 수칸의 부하들의 눈동자가 흔들렸다.

거의 유일한 선택지가 그것이었는데 그 동아줄이 잘린 꼴이었기 때문이다.

"그게 무슨 말입니까?"

"마이스터에서는 내란을 유도할 수 없다고 선을 그었습니다."

기업이 내란을 유도한다. 그건 상대방이 아무리 독재국가라고 해도 선을 넘는 행위다. 그렇기에 도와줄 수 없다.

"그러면 어쩌란 말입니까?"

"맞습니다. 그럼 이대로 다 죽으라고요?"

지금 무사 수칸의 목적은 단호하다.

장성이나 군부대 인사들을 모조리 죽이고 내 사람으로 채우겠다.

쿠데타로 권력을 잡은 사람들은 대부분 이런 방식으로 역쿠데타를 방지하려 한다.

문제는 기존 장군들이 은퇴하지 못하고 죽을 거라는 거다.

"보병으로 밀어 봐야 의미가 없어요!"

암시장에서 소량의 RPG-7 정도는 구할 수 있겠지만 기갑부대를 제압할 방법은 없다.

"압니다. 그래서 마이스터에서 좋은 방법을 알려 줬습니다."

"좋은 방법?"

"네."

주마디 디부야는 서 있는 CIA 요원에게 손짓했다.

그러자 요원이 다가와 하얀 가루가 담긴 봉투를 건넸다.

"이게 뭡니까?"

"우리의 승리의 열쇠입니다."

그 말에 그들은 그걸 뚫어지게 바라봤다. 하지만 그게 뭔지는 알 수 없었다.

무사 수칸의 동생이자 급조된 기갑 전투 사령부의 장군인 자루 수칸은 자신을 찾아온 다수의 장군들이 준 선물을 보면서 입이 헤벌쭉 벌어졌다.

"잘 부탁드립니다."

"이건 저희가 드리는 선물입니다."

가방을 열자 보이는 막대한 현금과 보석들.

'역시 이 맛이지.'

사실 자루 수칸은 군사학에 대해서는 전혀 모른다. 그저 권력이 좋다는 것만 알 뿐이다.

"대통령 각하께 이야기 좀 잘해 주십시오."

"저희는 각하께 충성을 다 바칠 겁니다."

장군들은 그에게 뇌물을 주면서 무사 수칸에게 잘 이야기해 달라고 사정하고 있었다.

하긴, 지금 무사 수칸은 그들에게 공포의 대상일 테니까.

"좋소. 내 형님에게 잘 이야기해 두지."

이런 걸 준다면 잘 이야기해 줄 생각이 있다. 살려 두면 이만큼이 또 들어올 테니까.

'아니, 차라리 죽여 버리고 싹 다 빼앗을까?'

잠깐 그런 생각도 했지만 이내 그만두었다.

그가 착해서? 아니다. 그건 자신이 결정할 수 없는 일이기 때문이다.

그런 걸 자신이 결정했다가는 아무리 친동생이라 할지라도 무사 수칸이 죽여 버릴 거다. 의견이야 낼 수 있지만 결정은 어디까지나 무사 수칸이 해야 한다.

'뭐, 언젠가는 싹 다 죽이기는 해야겠지.'

무사 수칸은 어떻게 해서든 자신의 안전을 확보하기 위해 혈안이 되어 있었다.

그래서 모든 군부대의 인원을 자신의 가문과 부족으로 채울 생각이었다. 그래야 자신이 살아남을 수 있으니까.

'멍청한 놈들.'

즉, 이런 걸 준다고 해도 저들의 목숨은 오래가지 못할 거라는 뜻이다.

하지만 그걸 말해 줄 수는 없었기에 자루 수칸은 그런 그들에게 미소로 답했다.

"걱정하지 마시오. 형님은 공명정대한 사람이니 여러분을 홀대하지 않을 거요."

"감사합니다, 자루 수칸 사령관."

"하하하."

자신의 아버지보다 더 나이가 많은 사람들에게 거들먹거리는 자루 수칸.

얼마 뒤 그들이 떠나자 부관이 자루 수칸에게 물었다.

"사령관님, 저들이 가지고 온 술과 고기는 어떻게 할까요?"

"술과 고기?"

"네. 병사들을 위문한다고 가지고 왔습니다."

"병사들을 위문?"

그 말에 자루 수칸은 눈을 찡그렸다.

그런 용도의 술과 고기라면 수준이 뻔할 테니까.

'어디서 밀주랑 짐승 고기를 좀 구해 왔나 보네.'

시장에서 밀주와 정체 모를 짐승 고기를 구해 오는 건 어려운 일이 아니다. 당연히 맛도 제각각이고 위생 상태도 믿을 수가 없다.

뜨거운 태양에 하루 종일 노출된, 파리가 날아다니고 기생충과 구더기가 들끓는 가판대에서 파는 거니까.

'빼돌릴 가치도 없겠네.'

그런 건 빼돌려 봐야 쓰레기밖에 안 된다.

자신들의 고급 저택에는 냉장고가 있지만 그런 쓰레기를 넣어 둬 봐야 가치도 없고 먹지도 않을 거다.

"병사들에게 나눠 줘."

물론 자기 입장에서야 그렇지, 가난한 병사들이야 술과 고기라고 하면 환장할 거다.

"장군님, 조심해야 합니다. 일단 소수의 인원에게 먹여 보고 배식을 해야 한다고 생각합니다."

"어째서?"

그런 자루 수칸에게 부관이 다급하게 이야기했다.

"상했을 수도 있고, 혹 독을 탔을 수도 있습니다."

"아. 하긴, 그건 그렇지."

그렇게 되면 한순간 자신들의 부대는 무력화된다. 그리고 그 틈을 틈타서 쿠데타를 일으키면 자신의 목이 날아갈 수도 있다.

"일단 조금 먹여 보고 멀쩡하면 나눠 줘."

"네."

그 말에 부관은 고개를 끄덕거렸다.

다행히 아무런 문제도 없었기에 그들은 그날 자루 수칸의 통제하에 술과 고기를 먹을 수 있었다.

비록 기니라는 가난한 국가 재정상 그렇잖아도 충분치 않았던 고기와 술을 장교가 일부 빼돌리는 바람에 진탕 취할 정도로 마실 수는 없었지만 말이다.

어쨌든 그날의 일은 그렇게 별일 없이 끝나는 듯했다.

하지만 3일이 지난 시점에서 상황은 돌변했다.

"뭐?"

무사 수칸은 자리에서 벌떡 일어났다.

"보병 부대가 전원 무장한 채로 이쪽으로 이동하고 있습니다!"

"이 새끼들이!"

쿠데타. 무사 수칸이 가장 피하고 싶었던 일이 벌어진 것이다.

하지만 무사 수칸은 걱정하지 않았다.

그도 그럴 게, 이런 상황을 대비해서 가장 가까운 곳에 기갑부대를 배치하지 않았던가? 보병이 수천수만 명이 있다고 해도 기갑부대를 이길 수는 없다.

"모조리 쓸어버리라고 해!"

당연히 그렇게 될 거라 생각했다.

기갑부대의 장군들은 죄다 자신과 혈연으로 맺어진 사람들. 자기들이 살기 위해서라도 시키는 대로 해야 했으니까.

당연하게도 자루 수칸 역시 그렇게 행동했다.

"당장 가서 탱크로 밀어 버려!"

"포탄 아까우니까 그냥 탱크로 밀어! 총도 쏘지 마!"

쿠데타라는 말에 자루 수칸은 코웃음을 쳤다.

자신들에게는 탱크과 자주포가 있다. 포탄 없이 밀어 버리기만 해도 끝나는 싸움이다.

"빨리빨리 움직여!"

부하들은 재빨리 탱크와 자주포에 올라타 출동하려고 했다.

하지만 시동을 걸고 부대를 나가기도 전에 이상 현상이 발생했다.

"어?"

"왜 이래?"

탱크가 갑자기 퍼지기 시작한 것이다.

탱크뿐만 아니라 자주포, 심지어 다른 차량들까지 모조리 퍼져서 그대로 멈춰 버렸다.

"뭐야? 왜 안 움직여?"

"차량이 다 멈췄습니다."

"뭐라고?"

"아무것도 안 움직입니다."

"아무것도 안 움직인다고?"

그 말에 자루 수칸은 등골이 서늘해졌다.

며칠 전까지만 해도 멀쩡하던 놈들이 아닌가? 그런데 갑자기 움직이지 않는다니?

"뭔 소리야? 다시 한번 시동을 걸어 봐!"

그 말에 몇몇 병사들이 애써 시동을 걸어 봤지만 요란한 굉음을 내던 차량은 검은 연기를 뿜어내면서 멈춰 버렸다.

동력이 없는 탱크는 아무것도 아니다. 기동도 할 수 없고 포신도 돌릴 수 없다.

물론 구형인 만큼 포는 쏠 수 있을 거다.

자동 장전 장치 따위는 없으니까.

하지만 전투가 벌어질 대통령 궁은 여기서 멀고, 거기로 향하는 길목에는 장애물이 넘쳐 난다. 당연히 대포를 쏠 수는 없다.

자주포? 동력이 없으면 각도 조절이 불가능한데 과연 맞힐 수나 있을까?

"이게 무슨⋯⋯."

이변에 자루 수칸은 손발이 부들부들 떨렸다.

"빨리 고쳐! 빨리 고치라고!"

그 말에 병사들은 다급하게 탱크와 차량을 고치려 했다.

하지만 차량은 여전히 움직이지 않았고, 얼마 지나지 않아 대통령 궁에서 총성이 터지기 시작했다.

⚖️

쾅!

대통령 궁을 막고 있던 탱크가 터져 나갔다.

그건 멀쩡한 탱크였지만 암시장에서 구한 RPG-7로 충분히 제압이 가능했다.

그리고 보병이 안으로 밀고 들어가기 시작했다.

"막아! 막으라고!"

소수의 무사 수칸의 경호 인력이 막으려 했지만 만 단위가 넘는 병력을 백 단위밖에 안 되는 병력이 막을 수 있을 리가 없었다.

당연히 대부분은 싸우기보다는 양손을 번쩍 들었고, 전투가 시작된 지 20분도 되기 전에 무사 수칸은 쿠데타 세력의 손에 떨어졌다.

"만나고 싶었다, 이 새끼야."

주마디 디부야는 하얀 이빨을 드러내면서 다가왔다.

무사 수칸은 공포에 떨다가 다급하게 권총을 입에 물었다. 차라리 자살하는 게 나을 것 같았으니까.

"해 봐."

"뭐라고?"

"당겨 보라고. 기다려 줄 테니까."

실제로 쿠데타군은 주마디 디부야의 명령에 따라 조준만 할 뿐, 쏘지는 않았다.

"으으으……"

무사 수칸은 방아쇠를 당기고 싶었다.

하지만 그럴 수가 없었다.

남들을 다 죽이더라도 자기는 살고 싶었으니까.

결국 그는 무기를 집어 던졌다.

"살려 주게, 시키는 대로 다 할 테니."

"글쎄. 그건 내가 결정할 게 아니라서 말이지."

그렇게 말하며 그에게 다가간 주마디 디부야는 비웃음을 가득 담아 말했다.

"근데 살 수는 없을 것 같네, 후후후."

⚖️

　

　

−어제 아프리카 국가 기니에서 쿠데타가 있었습니다. 기니의 쿠

데타군은 주마디 디부야 장군이 이끌었으며…….

―주마디 디부야는 기자회견을 통해 민주주의를 전복한 무사 수칸 정권을 무너트리고 다시 한번 민주주의 정권을 일으키기 위해서…….

―주마디 디부야군은 조속한 시일 내에 투표를 한다는 방침으로……(중략)……또한 전 정권에서 국유화한 자산은 원주인에게 돌려주는 것으로…….

―주마디 디부야는 전 정권인 무사 수칸의 쿠데타가 중국의 사주를 받은 것이라는 다수의 증거가 발견되었다면서 중국과 무제한 국교 정지 및 거래 정지를 발표했습니다. 중국 정부는 합법 정부를 뒤집은 주마디 디부야 정부에 강력 규탄 성명을 발표하였으며…….

원래대로라면 기니라는 아프리카 국가의 쿠데타는 한국에서 그다지 관심을 받지 못했을 것이다.

하지만 마이스터의 자산이 반환된다는 점 때문에 관심을 끌었고, 그 덕분에 한국에서도 제법 많이 소문이 났다.

"이게 목적이었나?"

끝끝내 마이스터는 전쟁을 하지 않았다.

침략한 적도 없고 쿠데타 세력을 도와준 적도 없다.

총 한 발, 포탄 한 발 쏘지 않았다.

외부적으로 주마디 디부야는 완벽하게 중립적 입장에서 쿠데타를 일으킨 거다.

하지만 마이스터는 빼앗긴 자산을 돌려받았고 역사는 원

래대로 돌아갔다.

'중국 입장에서는 똥줄 타겠네.'

중국은 기니로부터 적지 않은 석탄을 수입해 가는 국가였다.

그리고 원래 역사에서는 쿠데타 이후 석탄 수출이 막히면서 전국적인 정전에 시달릴 만큼 에너지난에 고통받았다.

그러니 아마 이번에도 같은 일이 일어날 것이다. 그것도 더 심하게.

"설탕이라니, 미친. 그게 군사 무기가 될 줄은 몰랐다, 진짜."

"병력만 끌고 가지 않으면 그다지 경계하지 않으니까."

사실 반군이 쿠데타 직전 준 선물에 문제가 있었던 게 아니었다.

그저 그걸 먹고 마시기 위해 병사들이 자리를 비우는 틈을 노린 것뿐이었다.

병사들 대부분은 술과 고기를 먹고 싶어 할 테니 그중 극히 일부만이 남아서 차량을 지키게 될 거다.

그러니 그 일부를 포섭해서, 가장 먼저 그 자리를 지키는 데 자원하라고 부탁한 것이다.

술과 고기에 유혹된 병사들이 지원할 리는 없으니까.

그리고 그들이 먹고 마시는 사이에 은밀히 들어간 병력이 차량의 연료 주입구에 설탕을 듬뿍 들이부어 놓은 것이다.

차량 엔진에 설탕은 치명적이다.

엔진이 작동하면서 설탕을 빨아들이면, 열에 녹은 설탕은

끈적하게 변하면서 실린더를 벽에 붙여 버린다.

당연히 엔진은 멈출 테고, 그걸 고치는 방법은 오로지 엔진을 교체하는 것뿐이다.

실제로 미군에서는 어떤 미친놈이 애인과 함께 있고 싶다는 이유로 군함에 설탕을 들이부어서 출항하지 못하는 사태가 벌어지기도 했었다.

"사보타주도 똑똑해야 하는 거야, 후후후."

"고작 설탕 따위로 기갑부대를 부숴 버리네, 진짜."

설탕은 싸다. 이번 작전에 동원된 설탕을 다 합해 봐야 RPG-7 하나 가격도 안 나온다.

"그리고 이제 기니에는 기갑군이 없지."

쿠데타를 일으키기 위해 한 일이기는 하지만 현실적으로 기니군은 기갑을 모조리 잃어버렸다.

수리? 누차 말하지만 설탕이 들어간 엔진은 수리가 되지 않는다. 방법은 오로지 교체뿐이다.

그런데 이미 퇴역한 2세대 중국산 차량의 엔진이 있을 리가 만무하며, 설사 있어도 중국이 줄 리가 없다.

일단 기니에서 먼저 중국에 손절 쳤으니까.

그러니 이제 기갑 전력은 없는 상황인데, 주마디 디부야는 방어력 공백을 이유로 마이스터 민간 군사 기업과 손잡기로 했다.

당연하게도 그 조건은 마이스터의 자산을 반납하는 것.

"그럭저럭 손해는 안 봤네."

빼앗긴 건 돌려받았고, 구형이지만 무기들을 사는 데 들어간 돈은 아프리카 국가들이 내는 돈으로 운영비는 회수할 수 있다.

"미친 새끼네, 진짜."

남상진은 인정할 수밖에 없었다. 노형진은 난놈이라고.

"원래 게임에서는 '게임 좆같이 하네.'가 칭찬이지, 후후후. 아, 그런데 말이야. 신형 무기 수출 가능하냐?"

"신형 무기? 어디로?"

"우크라이나."

"넌 무기 공장도 없잖아. 그 드론? 그거 수출 허가 안 나올텐데?"

노형진은 드론이 전쟁에 큰 영향을 끼친다는 걸 알기에 한국에 공장을 만들었다.

한국군은 드론에 전혀 투자하지 않고 전문가들을 해고할 지경으로 방치했기 때문에 차라리 그걸 자신이 메꿀 생각에서였다.

문제는 군수품이었다.

군수품은 수출 허락을 받아야 하는데, 한국 정부가 수출을 쉽게 허락해 줄 리가 없는 것이다.

원래 역사보다 빠르게 드론 무기들이 완성된 건 사실이지만 당장 한국에도 충분히 보급되진 않았으니까.

"그런 건 아니고. 키트야."

"키트?"

"그래, 조립 키트."

이유를 알지 못한 남상진이 고개를 갸웃했다.

"고작 조립 키트 따위로 뭘 하려고? 뭐, 우크라이나에 가서 과학 상자라도 팔려고?"

"그럴 리가. 이럴 게 아니라 같이 갈래? 내일 우리 무기 개발 연구소에서 시연이 있는데."

⚖️

노형진은 영문을 몰라 하는 남상진을 데리고 연구소로 향했다.

"준비 끝났습니까?"

"네. 그런데 진짜 어떻게 이런 생각을 하셨습니까?"

"그냥요."

'실전은 많은 걸 바꾸지.'

그리고 노형진은 회귀 전 러시아-우크라이나 전쟁을 봤다.

그랬기에 그 전쟁에서 문제 중 하나가 뭐였는지 알고 있었다.

"준비하시죠."

"네."

노형진과 연구소 직원이 대화하는 것을 가만히 지켜보던

남상진이 노형진을 툭툭 쳤다.

"뭔데?"

"두고 봐. 이따 설명해 줄게, 후후후."

잠시 후 실험이 시작되었다.

그리고 그건 딱히 별난 것도 아니었다. 오히려 브로커인 남상진이라면 잘 아는 것이었다.

"이건 현궁이잖아?"

긴 불꽃을 내뿜으면서 날아간 현궁. 그것의 존재를 남상진은 알고 있었다.

그도 그럴 게, 현궁은 한국에서 수출된 무기다.

수입 국가에서는 쉬쉬하며 공개하지 않지만 실전을 겪은 수출 무기가 현궁이다.

브로커인 남상진은 그 과정에 끼어든 적이 있고, 그래서 현궁의 시연도 본 적이 있다.

"그래, 현궁이지."

"이게 무슨 신무기야?"

"신무기가 아니라 키트라니까."

그 말을 이해하지 못한 남상진은 눈을 찡그렸지만 질문은 하지 않았다.

그사이 현궁은 예상대로 날아가서 표적을 박살 냈다.

"발사는 잘되네요."

"어려운 기술은 아니니까요."

"어디까지 가능합니까?"

"무선의 경우는 2킬로미터. 유선의 경우는 600미터입니다."

"안전하겠네요."

"네, 엄청나게 안전하죠. 아이디어 상품이기는 하지만 대단한 거죠."

연구자는 씩 웃으며 말했고 여전히 영문을 모르는 남상진은 결국 노형진을 다그쳤다.

"이제 말하지? 알아야 팔아먹지."

"따라와 봐."

노형진은 그를 데리고 현궁이 발사된 위치로 향했다.

그곳에 도착한 남상진은 어리둥절할 수밖에 없었다.

"뭐야, 이게?"

현궁은 다리가 세 개인 고정식 장비에 고정되어 있었는데, 그 위에 처음 보는 장비가 설치되어 있었다.

그리고 그 장비는 현궁을 꽉 잡고 있었다.

"이게 뭔데?"

"현궁 원격 발사 장치."

"원격 발사 장치?"

"뭐, 일단 기본 구조는 현궁 기반이긴 한데 대부분의 휴대용 대전차미사일에 설치가 가능해. 물론 개발사의 협조가 있어야겠지만. 최악의 경우 버튼식으로도 설치가 가능해. 방아쇠만 기계가 당기게 하면 되니까."

"이게 뭔 뻘짓이야?"

개인용 대전차미사일. 그건 사람이 쏘는 물건이다.

그리고 현대전에서 흔하게 쓰는 물건이기도 하다.

다른 나라들도 제법 많은 수량을 가지고 있다. 한국이 현궁이라면 미국은 재블린 같은 걸 쓴다.

"이걸 왜 이렇게 덕지덕지 붙여 두는데?"

"대전차미사일의 가장 큰 문제점을 해결하기 위해서."

"그게 뭔데?"

"대전차미사일은 개활지에서만 쓰잖아?"

"그렇지."

어쩔 수가 없다. 결국 대전차미사일도 로켓이고 후방에서 나오는 발사 폭풍 때문에 개활지에서 쏠 수밖에 없다.

뒤가 트여 있는 곳에서 쏘지 않으면 후방의 발사 폭풍에 사수가 죽으니까.

"그래서 도심지에서는 거의 못 쓰잖아?"

"그렇지."

정확하게는 골목이나 도로에서는 쏠 수야 있겠지만 미사일을 쏘기 위해 사수가 몸을 드러내는 순간 적 보병이나 탱크가 먼저 쏴 버릴 거다.

도심지에는 장애물이 많아서 서로 간의 사거리가 짧기 때문이다.

"그런데 이렇게 한번 생각해 봐. 건물 안에 사람이 없다면 거기서 미사일을 쏴도 상관없지 않을까?"

"어?"

물론 거기에는 문제가 있다. 사수가 있다는 거다.

"이거라면 사수 없이도 쏠 수 있어."

"사수 없이 쏠 수 있다고?"

"그래. 정확하게는 결합 키트로 고정하는 거야."

그리고 사수는 무선 또는 유선으로 먼 거리에서 그걸 컨트롤한다. 그리고 쏜 후에 도망가는 거다.

'우크라이나로부터 배운 거지.'

러시아는 탱크 강국인 반면 우크라이나는 탱크가 부족했다. 그래서 우크라이나는 러시아 탱크를 막기 위해 휴대용 대전차미사일을 동원했다.

문제는 대전차미사일로 탱크를 잡는 데 희생되는 인력이 많다는 거다.

개활지에서 쏜 후에는 거의 100% 다른 탱크, 또는 보병의 반격이 시작되었다.

그리고 전차병들도 바보는 아니어서 대전차미사일이 있을 만한 곳은 무조건 경계하면서 다녔다.

'그래서 대전차미사일병이 많이 죽었지.'

탱크 한 대를 잡기 위해 최소 세 명, 많으면 다섯 명의 사람이 갈려 나갔다. 승리 뒤에 숨겨진 잔인한 현실인 셈이다.

"그런데 이걸 이용해서 무인으로 쏜다면 어떻게 되겠어?"

"그렇다면…… 그렇군. 시가전이…… 더 지옥같이 되겠어."

시가전은 현대전에서 지옥이라 불린다. 엄폐물이 많기 때문이다.

그나마 탱크나 장갑차는 시가전에서 골목만 조심하면 되기에 보병이 먼저 들어가 수색하면서 전진하면 공격당하는 걸 막을 수 있다.

"하지만 이걸 설치하면 이야기가 달라지지."

무선으로는 2킬로미터, 유선으로는 600미터.

즉, 어떤 건물이든 밖에서 쏘고 도망가면 그만이라는 거다.

공격자 입장에서는 이제는 골목이 아닌 도시의 모든 창문이 경계 대상이 되기 때문에 수색도 해야 하고 점령도 해야 한다.

사실상 도심 내부에서의 전차 기동이 불가능한 수준의 위협이다.

그렇다고 개활지에서는 안전한 것도 아니다.

사람이 없는 휴대용 대전차미사일은 숨기기도 쉽다. 땅을 조금만 파고 묻어 두면 장거리에서는 파악이 불가능하다.

"어차피 카메라 기술이야 드론에 들어가는 거니까."

사수는 원거리에서 무선이나 유선으로 쏴 버리고 도망가면 그만.

물론 적이 무기를 습득할 가능성이 있지만 아무리 발사기가 다회용이라고 해도 탄이 없으면 의미가 없다.

그리고 그런 좁은 공간에서 쏘면 발사기가 망가질 가능성이 높고, 애초에 발사한 뒤 그 무거운 발사기를 들고 도망가는 사람은 없다.

그랬다가는 온몸이 포탄에 갈가리 찢겨 나갈 테니까.

"미친!"

즉, 간단한 원격 발사 시스템을 추가하는 것만으로도 대전차전의 패러다임이 바뀌는 거다.

이 장치로 인해 공격자는 전쟁의 지옥이라 불리는 시가전에서 건물과 방을 하나하나 모조리 뒤져야 하는데, 이는 공격자가 도시 하나를 점령하는 데 수십 배의 시간이 든다는 의미가 된다.

더군다나 보병의 피로도도 급격히 높아질 수밖에 없다.

왜냐하면 수색 시에는 잠긴 문을 열어야 하는 일이 많은데, 기존 장비만으로도 이미 무게가 엄청나기 때문이다.

빠루라는 쇠뭉치로 열 수는 있지만 그것도 수 킬로그램이고, 나무 문이 아니라면 부수는 데에 유압기도 필요하다. 현실에서는 영화에서처럼 총으로 문을 부술 수 없으니까.

설사 나무 문이라 해도 빠루나 다른 장비로 하나하나 부수고 다니자면 체력을 좀먹을 수밖에 없다.

그리고 그들이 접근하는 걸 대비해서 견인식 지뢰라도 깔아 버리면 신경이 더더욱 예민해질 수밖에 없다.

"한국같이 고층 건물이 즐비한 도시에서는 건물 하나 수색

하는 데에도 하루 종일 걸릴걸."

혼자 다닐 수는 없고 1개 분대 단위로 다녀야 하는데, 그들이 문 하나 열고 수색하는 데 걸리는 시간은 철제문의 경우 아무리 적게 잡아도 30분이다.

그렇다면 나무 문이나 유리문은 쉬울까?

아니다. 문 안쪽에 문을 열거나 부수는 순간 터지게끔 폭발물을 설치해 두면 유리 그 자체가 흉기가 되어 병사들을 난도질한다.

그렇기에 그런 상황을 감안하며 하나하나 확인하고 해체해야 하는데, 그 작업에 걸리는 시간이 못해도 한 시간은 된다.

"사실상 시가전에서 공격 측이 돈좌되는 거지."

꼼짝도 못 하고 수색하면서 전진하든가, 아니면 포탄으로 건물을 싹 다 박살 내든가.

"하지만 그게 또 쉽나?"

"하긴, 포대라고 수명이 없는 건 아니니."

건물을 다 박살 내다 보면 포신의 수명이 다할 테고, 그러다 적 기갑부대를 만날 경우 포신의 명중률은 이미 수직 하락해 있을 거다.

"이거 여러모로 악몽이네."

심지어 구조 자체가 너무 단순한 키트라 설정만 해 두고 고정시키면 현대에서 쓰는 대부분의 휴대용 대전차미사일에 쓸 수 있다.

"이거 팔리겠는데?"

설명을 들을수록 남상진은 인정할 수밖에 없었다.

공격자 입장에서는 악몽이지만 방어자 입장에서는 인명 손실을 줄일 수 있는 귀중한 무기니까.

"그래, 잘 팔아 보라고."

노형진은 이런 무기로 양측의 피해를 최대한 줄여 볼 생각이었다.

그에게 중요한 건 사람이지 권력이 아니기 때문이다.

아이디어는 보호받지 못한다

　세상에는 유명인이 있다. 그리고 그런 유명인들은 시간이
흐를수록 값어치가 높아지기 마련이다.

　당장 노형진만 해도 변호사치고는 아주 유명하다.

　만일 그가 사건을 직접 수임하겠다고 나선다면 못해도 최
소 억 단위는 될 만큼.

　물론 노형진은 그럴 생각이 없기에 원칙대로 돈을 받지만
말이다.

　여기서 중요한 사실은, 유명한 건 권력이 된다는 거고 권
력을 가진다는 건 당사자가 부패한 인간일 경우 여러모로 피
해자가 발생한다는 것이다.

　"이거야, 원."

노형진은 머리를 긁적거리며 중얼거렸다.

사건의 난이도에 따라 어려운 사건은 노형진에게 배당되는 게 새론의 일반적인 규정이다.

하지만 최근에는 그런 경우보다는 노형진이 일을 찾아서 하는 경우가 많았다.

왜냐하면 최근에는 대부분의 사건들이 시스템화되어서 특이하고 어려운 사건이 확 줄어들었기 때문이다.

"하지만 이건 어렵기는 하지."

"답이 없어."

파트너 변호사가 된 서세영도 어이가 없다는 듯 말했다.

어려운 사건의 경우 교육과 지원을 목적으로 파트너 변호사를 붙이는 게 새론의 규칙인데, 노형진이 새로운 사건을 찾던 중 서세영에게 배당된 사건이 어렵다는 사실을 알고 파트너로 지원해 함께하게 된 것이었다.

그런데 두 사람이 함께 들여다봐도 사건은 난해하기 짝이 없었다.

"이건 뭐, 진짜 답이 없어 보인다."

"그런데 이걸 왜……."

"왜라고 하기도 애매한 게, 또 이 짓거리가 생각보다 많이 이루어지고 있는 상황이거든."

이번 사건은 모 사건의 공모전과 관련된 것이었다.

한창 인기를 끌면서 저변이 확대되고 있는 웹툰 업계.

그리고 그 웹툰 업계에 새롭게 뛰어든 참영이라는 회사.

그곳에서 이루어진 공모전.

"이런 일이 많다고?"

"그래. 사실 질이 좋지 않은 놈들은 넘쳐 나잖아. 살짝 이름만 바꿔서 남의 지명도나 아이디어를 빼앗는 거야 일도 아니니까."

"하긴, 그건 그래. 얼마 전에 친구랑 식당에 갔는데 완전 낚였다니까."

"낚이다니?"

"이름이 차돌네라는 식당이 있거든. 체인점인데 맛이 괜찮아. 그래서 친구들과 만나기로 한 곳에 새로 생겼기에 방문했는데, 음식이 진짜 맛없는 거야. 나중에 보니까 차돌네가 아니라 차둘네였어."

서세영은 다시 생각해도 화가 난다는 듯 미간을 찡그렸다.

그 모습을 보며 노형진은 고개를 끄덕거렸다. 실제로 그런 식으로 사람들을 속이는 놈들이 넘쳐 나니까.

이번도 마찬가지고.

잠시 툴툴대던 서세영은 다시 차분해진 모습으로 사건 자료를 들여다보았다.

"그럼 이 공모전도 마찬가지라는 거야?"

"그래. 이건 딱 봐도 그게 목적이었던 것 같은데. 아이디어를 노린 거지."

참영에서 이루어진 공모전.

웹툰계에 들어오고자 하는 수많은 사람들을 대상으로 한 공모전이었기에 지망생들이 많이 지원했다.

그건 잘못된 방식이 아니다. 신생 회사인 만큼 웹툰 작가를 구하는 게 쉽지 않기 때문이다.

오히려 웹툰 작가들을 끌어들이는 정석적인 방식이라 할 수 있다.

다른 수많은 웹툰 회사들도 회사를 오픈하면 가장 먼저 하는 일이 바로 공모전이니까.

"그런데 그걸 그대로 날름하다니."

"완전 악질 아냐, 이 새끼들."

공모전에 아이디어를 제출하고 합격 소식을 기다리던 상황에서 시일이 지나도 아무런 말이 없자 지원자들은 대부분 떨어졌다고 생각하고 다른 곳의 공모전이나 데뷔를 준비하기 시작했다.

그런데 어느 날 참영에서 운영하는 참그림이라는 웹사이트에서 자신의 작품이 연재되고 있다는 소식을 듣게 된 것이다.

다급히 확인해 보니 웃기게도 자신의 아이디어를 차용, 아니 그냥 스토리 라인을 베낀 작품이 그대로 연재되고 있었던 것.

그 사실에 지원자들은 큰 충격을 받았고, 이 소문은 빠르게 퍼져 나갔다.

당연히 지원자들은 참영과 참그림에 항의했다.

하지만 '법적으로 아무런 문제가 없습니다.'라는 답변만 돌아올 뿐이었다.

　"문제는 법적으로 아무런 문제가 없다는 그 새끼들 말이 틀린 건 아니라는 거지."

　법적으로 저작권은 완성된 작품, 최소한 어느 정도 만들어진 작품에 대해서만 인정된다. 그런데 이들이 내놓은 건 '완성된' 작품이 아니다.

　연재 기간이 얼마나 걸릴지도 모르고 그게 성공할지 실패할지도 모르는데, 웹툰을 완성해서 공모전에 제출하지는 않는다.

　그래서 이런 공모전은 일단 3화 분량의 웹툰과 추가적인 스토리 라인을 정리해서 회사에 제출하는 게 기본이다.

　그것으로 그림이 상업적으로 괜찮은지, 스토리가 사람들에게 먹히는지를 판단하는 거다.

　"이 경우는 아이디어의 영역이거든."

　문제는, 아이디어는 법적으로 보호되지 않는다는 것이다.

　참영은 그러한 허점에 착안해 데뷔를 원하는 지망생들에게서 쓸 만한 아이디어를 빼앗으려고 공모전을 연 거고, 그 공모전에서 제출받은 아이디어로 자기들이 고용한 그림 작가에게 웹툰을 그리게 시켜 연재하고 있었던 것.

　"하아, 개 같은 새끼들."

　노형진은 쓰게 웃었다.

물론 이건 불법이 아니긴 하다. 그러니까 법적으로 따지면 아무것도 못 한다.

문제는 이런 짓거리를 하는 놈들이 생각보다 많다는 거다.

"아이디어라는 게 생각보다 중요한가 봐?"

"중요하지. 특히 한국 같은 상업 문학의 불모지에서는 더 더욱."

"왜?"

"한국은 상업 문학을 수십 년간 터부시했거든."

노형진은 머리를 긁적거렸다.

각 나라마다 문제점이 있지만 한국의 경우는 돈을 터부시한다는 것이다.

정확하게는, 깨끗한 척하며 돈을 부정적으로 보면서 뒤에서는 돈을 벌기 위해 무슨 짓이든 한다.

"상업 문학은 기본적으로 2차산업이 가능하지."

"그거 말하는 거지? 원소스멀티유즈One Source Multi-use."

"그래."

사실 한국은 그게 제대로 완성되어 있지 않다.

원소스멀티유즈란 쉽게 말해서 성공한 하나의 작품이나 세계관에서 다양한 유형의 작품이 파생되는 거라고 볼 수 있다.

대표적인 예가 미국에서 나오는 히어로물이다.

만화에서 시작해서 영화, 드라마, 소설까지, 수많은 작품들이 막대한 돈을 벌어 주고 있으니까.

"그리고 그게 돈이 되니까 먹고 싶은 거지."

"그러고 보니 요즘 원소스멀티유즈가 한국에서 엄청 흥하기는 했네."

웹툰이 영화나 드라마화되어 대박 났고, 그렇게 드라마화된 작품 중 일부는 네트웍플러스 같은 대형 해외 드라마 플랫폼을 통해 막대한 수익을 내고 있다.

한국 드라마가 전 세계에서 통용된다는 사실이 입증된 후로 수많은 OTT 서비스가 한국에 관심을 가지고 접근하고 있다.

그럴 수밖에 없는 게, 한국의 작품들은 가성비가 어마어마하니까.

한국에서 제작되는 드라마 총제작비가 미국에서 제작되는 대작 드라마의 1회 제작 비용밖에 안 되는데, 정작 성적은 그런 대작 드라마들을 개박살 내고 상위권을 싹쓸이하고 있으니 수많은 OTT 서비스 업체의 입장에서는 관심을 가질 수밖에 없었다.

"그런데 우리나라는 이 원소스멀티유즈에 필요한 스토리가 턱없이 부족해."

물론 드라마화를 위한 대본은 엄청나게 많다.

문제는 그런 대본의 대부분이 전형적인 한국인의 취향에 맞춰 만들어졌다 보니 세계 OTT 서비스 업체의 입맛에는 맞지 않았다는 것.

애초에 웹툰 원작인 작품들이 성공한 이유가 기존과 다른 설정과 세계관 그리고 스토리 진행 때문 아니던가?

"그러니까 멀리 보면 그걸 다 먹는 게 돈이 된다는 거지."

물론 어떤 작품이 성공할지는 모르지만, 한 가지 확실한 건 쥐고 있으면 그래도 그중 하나는 성공한다는 거다.

그리고 하나만 성공하면 수백억이 굴러들어 오고 말이다.

"그런데 이건 진짜로 방법이 없는데."

"없지."

노형진은 머리를 긁적거렸다.

형법적으로도, 민법적으로도 문제가 안 된다. 왜냐, 아이디어니까.

어느 정도 구체화된 것도 아닌 아이디어 수준이라면 법적으로 보호받을 수가 없다.

예를 들어 어떤 사람이 우주 이민 선단을 주제로 SF 소설을 쓸 수 있는 아이디어를 냈다고 치자.

그런데 그게 저작권법으로 보호받으면, 앞으로 영원히 우주 이민 선단을 주제로 한 SF는 나올 수가 없다.

"그런데 문제는 그거지. 이건 공모전이니까."

분명 아이디어의 영역이다. 하지만 미래의 연재와 연관된 것이기 때문에 원작자 입장에서는 주인공을 비롯한 등장인물들 그리고 주요 스토리 라인을 정리해서 공모전 주최 측에 보낼 수밖에 없다.

비록 아이디어일 뿐이지만 그것만으로도 제3자가 충분히 스토리에 살을 붙여 끌어갈 수 있는 수준인 것이다.

"즉, 핵심적인 요소는 이미 저쪽 손에 들어간다는 거지."

문제는 구체적으로 완성된 게 아닌 아이디어라서 보호받지 못한다는 것.

"한국은 참 콘텐츠에 대한 정보의 가치를 개떡으로 안다니까."

노형진은 머리를 긁적거렸다.

"그런데 이거 진짜로 성공하는 거 아니야? 그러면 진짜 억울하겠는데."

서세영은 참그림 사이트에 들어가 조회 수를 보며 눈을 찡그렸다.

신생 업체치고는 생각보다 높은 조회 수.

이대로라면 참영이라는 회사는 안착하게 될 거다.

"아니, 그건 초반이니까 그렇지. 솔직히 오래는 못 버틸걸."

"응? 왜?"

"원작이 있는 걸 가져와서 대신 연재해도 망하는 판에, 아이디어만 차용한 게 성공할 리가 없잖아."

"원작도 있는데 망한다고?"

"한국에서는 원작자를 찬밥 취급하는 게 오랜 전통이라 그래."

모든 작품에는 핵심적인 요소가 들어 있기 마련이다.

이야기를 관통하는 흐름 또는 주제에 대한 생각 같은 것 말이다.

그런데 그걸 제대로 알지 못하는 제3자가 그 아이디어만 차용해 봤자 조회 수가 오래 유지될까?

"초반에는 괜찮을 거야. 아직 제공된 스토리 라인이 있으니까. 하지만 나중에는 답 없을걸."

"원작자를 그렇게 무시한다고?"

"그런 면이 좀 강해. 일종의 자존심 싸움이랄까?"

원작자는 자신이 원하는 캐릭터와 스토리에 대한 신념이 있다. 그런데 그걸 고치는 감독이나 개작가는 그런 건 무시하고 자기 마음대로 하고 싶어 한다.

원작자보다 자기들이 이쪽 업계에서 더 오래 일했으니 자신이 더 잘났다고 생각하는 거다.

"뭐? 그래? 그런 생각을 한다고?"

"이건 한국만의 문제가 아니야."

이런 문제는 비단 한국뿐만이 아니라 전 세계의 2차 창작 시장에서 흔하게 벌어지는 일이다.

그리고 그런 작품들은 대부분 대폭망을 하게 된다.

그런 작품을 보는 독자들이 작품에 기대하는 건 스토리 라인이 어떻게 구성되는지에 대한 궁금증 해소인데 이름만 같을 뿐 전혀 엉뚱한 이야기가 나오니까.

"한국에서는 〈퇴마 전설〉과 〈드래곤의 전령〉이 있었지."

"그게 뭐야?"

"희대의 역작이자 희대의 망작."

원작자의 의견을 완전히 무시한 결과 처참하게 망한 작품들이다.

〈퇴마 전설〉은 영화화할 때 원작자를 완전히 배제하고 자기들끼리 작품을 만든 데다, 심지어 감독도 원작을 본 적 없고 배우들에게도 원작 따위 볼 필요 없다고 말했을 정도였다.

그렇다 보니 배우들이 원작에서 캐릭터들이 보여 주는 감성을 알 리가 없었고, 결국 온갖 발연기를 하다가 폭망했다.

〈드래곤의 전령〉은 영화화는 아닌 만화화한 경우인데, 원래 스토리 작가와 그림 작가가 따로 있었다.

그런데 스토리 작가가 스토리를 정리해서 보내도 그림 작가가 그걸 철저하게 무시하고 마음대로 그리는 바람에 결국 스토리 작가가 가운뎃손가락을 세우면서 떠나고 말았다.

그러자 그림 작가는 더더욱 자기 마음대로 스토리를 짜서 연재하기 시작했다.

물론 그 그림 작가는 소설 자체를 본 적이 없어 캐릭터 개성이고 스토리고 아무것도 몰랐기에 그가 그린 〈드래곤의 전령〉 만화는 이름만 같지 팬픽만도 못한 수준이었고, 결국 폭망을 넘어서 개망작의 영역으로 들어가 버렸다.

"원작도 그 지경인데 아이디어만 가지고는 오래 못 가지."

"그러면 그냥 두면 되나?"

"뭐, 어떻게 보면 그렇게 해도 무방하긴 한데……."

하지만 노형진은 그것도 애매한 처방이라는 생각이 들었다.

그럴 수밖에 없는 게, 망하는 것과 별개로 아이디어를 낸 원작자는 그 아이디어를 못 쓰게 됨으로써 손해를 입을 수밖에 없기 때문이다.

법원에서 아이디어를 보호받지는 못하지만 그렇다고 손해가 없지는 않다.

보통 짧게는 몇 개월, 길게는 몇 년 단위로 스토리를 짜고 세계관을 구성해 작품을 만들 준비를 하니까.

그렇기에 아이디어를 빼앗기면 그 시간을 송두리째 날리는 셈이 된다.

"피해와 별개로 이러한 행위 자체는 해서는 안 되는 행동이기는 하니까."

'더군다나 장기적으로 보면 이건 점점 더 심각해질 거야.'

아이디어가 돈이 되는 시대가 도래하고 한국의 문화 콘텐츠 소비량은 더더욱 늘어날 거다.

그런 상황에서 대기업들이 아이디어를 모조리 약탈해 가면 자연스럽게 문화는 퇴보하기 마련이다.

당장 멀리 갈 필요도 없다.

한때 전 세계에서 감성 영화로 유명했던 일본 영화계가 다 박살 나고 턱도 없는 코스프레 영화로 추락한 이유가 뭔가?

과도한 상업성이 시장을 박살 내서가 아니던가?

"아무래도 이번에는 내가 끼어들어야겠네."

돈이 안되는 걸 떠나서 해서는 안 되는 일.

그렇기에 노형진은 이번 사건을 직접 해결하기로 결심했다.

⚖

피해자들과의 만남 자체는 사실 의미가 없기는 했다.

"억울해서 미치겠습니다. 제가 그 아이디어를 3년을 준비했어요! 3년을! 그런데 그 새끼들이…….."

안중창은 분노에 차 부들부들 떨었다.

그럴 수밖에 없었다.

지망생에게 데뷔라는 것은 무엇과도 바꿀 수 없는 꿈이다.

그렇기에 어떻게 해서든 좋은 결과를 만들어 내기 위해 작품에 많은 공을 들인다.

그런데 그걸 통째로 꿀꺽했으니 화가 나지 않을 리가 없었다.

"저뿐만이 아니에요. 피해자가 쉰 명이 넘어요! 쉰 명!"

"그렇게 많습니까?"

"저희와 연락된 사람만 그 정도입니다. 연재하는 작품들 숫자가 백 개가 넘으니 피해자가 더 있을지도 모르고요."

현재 참그림에서 서비스하는 웹툰의 숫자는 정확하게 백여든세 개.

볼 게 없으면 사람들이 오지 않아 매일같이 어느 정도 분량을 연재해야 하니 당연히 그 숫자가 적을 수가 없다.

"그중에서 몇 개나 빼앗은 건지는 모르지만 이 개 같은 새끼들이…….”

분노로 부들부들 떠는 안중창.

그런 안중창에게 노형진은 조용히 물었다.

“그에 대해 항의는 하신 거죠?”

“네. 그런데 그 새끼들이 법적으로 문제없다고 했다니까요? 뭐라는지 아십니까? 공모전 공고에 ‘접수된 작품은 반환하지 않습니다.’라고 써 놨다는 거예요.”

“뭔 소립니까, 그게?”

“그러니까요.”

그 문장은 대부분의 공모전 공고에 들어 있는 것이다. 정확하게는 그런 내용이 들어가 있었다.

왜냐하면 지금은 작품들을 대부분 온라인으로 받기 때문이다.

온라인이 아닌 우편으로 받던 과거에는 그렇게 접수된 작품들을 모두 반환하는 데 드는 비용도 만만찮고 반환 업무도 복잡했기에 저런 문구가 들어갔다.

하지만 지금은 거의 대부분의 사람들이 온라인으로 투고한다.

요즘은 그림을 태블릿으로 그리기에 오프라인 접수가 더 불편하기 때문이다.

다만 아주 극소수 오프라인 접수자가 있을 수 있기에 저런 문구를 공고에 넣기는 하지만, 그렇다고 그게 공모전을 연

회사가 소유권을 가진다는 뜻은 당연히 아니다.

"저희는 진짜 억울합니다. 다들 오랜 시간 노력한 사람들이라고요!"

전문학교나 학원에 다니고 집에서 계속 훈련하는 등 오직 데뷔 하나만을 보고 달려왔는데 이렇게 사기를 당하니 억울할 만도 했다.

"그런데 경찰에 신고하니 그쪽에서는 방법이 없다는 식으로만 이야기하고."

실제로 검찰에서는 혐의 없음으로 종결 처리되었다. 법이 그러니까.

"그래서 민사적으로 소송이라도 해 보자고 여기까지 온 겁니다."

"흠…… 솔직히 말씀은 들으셨을 겁니다. 저희가 처음은 아니죠?"

그 말에 안중창은 말을 못 했다. 그 말이 맞기 때문이다.

"이건 민사적으로 소송하신다 해도 못 이깁니다."

누가 봐도 악의적이고 계획적으로 아이디어를 약탈한 거지만 아슬아슬하게 불법의 영역이 아니다.

"민사를 하려면 그 행동으로 인한 피해를 증명해야 합니다. 그런데 그게 현실적으로 불가능하죠."

그나마 완성된 작품이 있다면 저작권법 위반으로 고소하는 방식으로 대응이 가능하지만 완성된 작품이 없다.

설사 해당 아이디어의 소유권이 원작자에게 있다는 걸 입증할 수 있다 해도 법원 입장에서는 문제의 작품이 그 스토리로 만들어진 건지 확신할 수가 없다.

만들어질 가능성은 재산적 손해가 아니며, 그렇기에 손해배상도 없는 것이다.

"그렇다고 기업처럼 연구 비용이 들어간 것도 아니니까요."

그렇다 보니 손해배상은 절대로 나오지 않는다.

"물론 합의를 종용하겠지만 기업은 절대로 합의하지 않을 겁니다."

재판에 가면 100% 이긴다는 걸 아는데 누가 합의하려고 하겠는가?

"알고 있습니다."

안중창은 비참한 얼굴로 중얼거리듯 말했다.

그도 알고 있지만 너무 억울해서, 어떻게 해서든 해결해준다는 새론으로 온 것이었다.

"그러면, 포기해야 합니까?"

안중창이 화가 난 얼굴로 노형진을 쳐다보았다. 노형진은 가만히 고개를 저었다.

"목적에 따라 달라집니다."

"목적?"

"목적이 복수라면 포기하실 이유는 없습니다."

그러나 만일 권리를 되찾거나 손해배상을 받는 거라면 아무리 노형진이라고 해도 이길 수 없다.

"복수요?"

"네. 기업을 망하게 하거나 타격을 주는 거라면 가능합니다."

"가능하다고요?"

그 말에 안중창은 묘한 목소리가 되었다.

지금까지 그런 걸 해 준다는 변호사는 본 적이 없으니까.

하지만 노형진은 그럴 능력이 되고 또 그럴 생각도 있었다.

"새론은 모든 사람에게 동일한 지원을 제공합니다. 그게 모토죠."

상대방이 부자라면 이런 억울한 일에 대한 보복을 원할 테고, 그런 경우 대부분의 법률 회사에서는 원하는 대로 해 줄 거다.

그리고 노형진은 안중창을 위해 그렇게 해 줄 생각이 있었다.

"복수라……."

안중창은 잠깐 고민했다.

"제가 당장 마음대로 결정할 수는 없겠네요."

이 자리에 대표로 오기는 했지만 마음대로 소송의 내용을 바꿀 수는 없었기에 그가 할 수 있는 말은 그 정도였다.

"기다리겠습니다."

그들이 뭘 하든 노형진은 그들의 선택을 존중해 줄 생각이었다.

누군가는 복수가 허망하다고 할지 모른다.

하지만 누군가는 복수가 달콤하다고 한다.

노형진은 복수는 달콤하다고 생각하는 타입이었다. 그랬기에 피해자들의 의견이 기꺼웠다.

"복수라…… 뭐, 예상은 했지."

"오빠, 이걸 복수하겠다고? 그게 가능해?"

"가능하지."

"뭘로? 복수할 만한 거리가 없잖아."

복수하기 위해서는 위법 사항이 있어야 한다. 그런데 이 사건에는 위법 사항이 없다.

"설마 마이스터의 힘으로 복수하려고? 뭐, 그런다면야 가능하기는 하겠네."

"아닌데? 법대로 복수할 건데."

노형진의 말에 서세영은 더욱 기가 막혔다.

"뭘로? 이건 불법이 아니라는 거, 오빠가 가장 잘 알잖아."

"물론 그렇지. 하지만 남을 등쳐 먹는 새끼들이 잘도 법다 지키겠다."

물론 진짜 머리를 잘 써서 교묘하게 불법과 합법의 사이에서 장난치는 놈들이 없는 건 아니다.

하지만 노형진이 봤을 때 참영이라는 기업은 그 정도로 능력이 뛰어난 놈들은 아니었다.

그런 행위로 인해 이익을 얻을 정도로 머리가 좋았다면 이러한 행위가 장기적으로는 자신들에게 피해를 줄 거라는 걸 예상할 수 있기 때문이다.

"하긴, 이게 소문나면 누가 거기랑 일하려고 하겠어."

"그러니까 그게 중요한 거지. 소송을 걸고 이슈화만 돼도 장기적으로는 치명타야. 내가 말했지, 그들이 서비스하는 작품은 망할 수밖에 없다고?"

"아! 그러겠네."

"완전히 극초반이야. 지금은 독자의 유입을 위해 만화를 무료로 열람할 수 있게 해 주고 있는 시점이지."

그렇다면 수익도 전혀 나지 않을 거다.

그런데 그런 상황에서 이미지가 망가진다면?

아마도 유료 독자의 수가 급감할 거다.

회사라는 건 돈 먹는 괴물이다. 고정금이 있고, 그 고정금 때문에 가만히 존재만 해도 계속해서 끊임없이 돈을 갉아먹는다.

"지는 소송일 수도 있지. 하지만 동시에 이미지에 타격을 줄 수 있는 소송이기도 하지."

"그런 거라면 확실히 망하기는 하겠네."

웹툰을 연재하는 곳이 한두 곳 생기는 것도 아닌데 이런 소문이 나면 당연히 망한다.

"물론 그건 오래 걸리겠지만."

"그런데 이런 건 이슈화하기에는 약하지 않아?"

물론 언론에 제보하면 이슈화할 수는 있다. 그래서 천천히 망하게 할 수는 있다.

하지만 그걸로 복수를 완성했다고 보기는 힘들다.

"가장 먼저 할 건 그게 아니야."

"그러면?"

"가장 먼저 할 건 바로 이거지."

노형진은 화면을 보여 주며 말했다.

"공모전 상금 아니야?"

"그래. 무려 3억이지."

창업 이후 첫 공모전이었고, 실제로 초반에는 많은 작가를 모아야 하기 때문에 공모전 상금이 무려 3억이나 책정되었다.

"1등에 1억, 2등에 5천만 원, 3등에 2천만 원, 기타 입상과 장려상 등을 합하면 무려 3억."

절대 작은 공모전이 아니다.

특히 데뷔를 원하는 사람들 입장에서는 진짜로 탐나는 공모전일 수밖에 없다.

"그런데 이 돈을 줬을까?"

"어? 그야……."

그 말에 서세영은 묘한 표정이 되었다.

그럴 만한 게, 이런 얍삽한 짓을 하는 놈들이 상금을 줄 리가 없기 때문이다.

"공모전이나 경품 행사 같은 건 속이는 게 너무 쉬워. 그걸 받은 사람에 대한 정보는 개인 정보거든."

그러니까 그걸 받았다는 사람의 개인 정보를 공개해서는 안 된다.

물론 그래도 아예 공개하지 않을 수는 없다. 그래서 약간의 편법이 이용된다.

"하긴, 번호도 이름도 조작하는 건 어려운 일이 아니니까 그렇겠네."

공개할 때 핸드폰 번호를 010-××××-○○○○으로 해 버리고 이름도 김××로 해 버리면 개인 정보는 새어 나가지 않는다.

그래서 공모전 결과를 공개할 때 대부분 그렇게 처리한다.

문제는 그런 경우에 상금을 지급했는지 추적할 방법이 없다는 거다.

"무려 3억이지. 그 돈을 과연 어떻게 했을까?"

"아예 안 주거나 직원 명의로 돌렸다?"

"정답."

실제로 흔하게 써먹는 방법이다.

어디서 큰 경품이 걸리면 그걸 받아 가는 사람은 친인척이라든가 친구이고, 정상적인 참가자가 걸릴 것 같으면 직원 이름을 쓴다.

게임 회사에서도 그 짓거리를 했고, 심지어 대학 학생회조
차도 독서 관련 공모전을 하면서 그 짓거리를 했다.

"그 두 개는 유명하지."

"그래, 그 두 개는 멍청하게 하다가 걸렸지만."

게임 회사의 경우는 매번 같은 번호로 같은 직원이 받도록
조작하다가 걸려서 뒤집어졌고, 대학 학생회의 경우는 독후
감 공모전인데 3개월간 무려 천 권의 책을 읽었다고 표시했
다가 걸렸다.

"하지만 그런 멍청한 경우가 아니라면 대부분은 모르지."

노형진은 그렇게 말하면서 화면을 톡톡 두들겼다.

"그러면 이건 사기 아닌가? 그걸로 손해배상 못 하나?"

"정확하게 말하면 두 가지 가능성이 있지. 그 돈을 내부의
제3자가 받은 경우에는 위계에 의한 업무방해가 되지."

"만일 애초부터 돈을 줄 생각이 없었다면 그 참영이라는
회사에 의한 사기죄가 되고?"

"맞아."

"헐, 난 그거 전혀 생각도 못 했는데."

"너뿐만이 아니야. 다들 그랬어."

아이디어는 보호받지 못한다는 생각에 빠져서 소송해도
못 이긴다고 생각한 것이다.

하지만 아이디어가 아니라 사기라면 이야기가 달라진다.

사기는 돈을 목적으로 상대방을 속이는 행위다.

이때 돈을 받는 것만 목적으로 하는 게 아니라 돈을 주지 않기 위해 상대방을 속이는 것도 사기에 해당된다.

"물론 그걸로 아이디어에 대한 소유권을 돌려받을 수는 없지만."

"그래서 오빠가 복수는 될 수 있어도 이기지는 못한다고 한 거구나."

"그걸 가지고 오기 위해서는 글 자체를 내리고 모든 기록을 삭제해야 하는데 현실적으로 불가능하니까."

하지만 사기나 업무방해로 엮어 버리면 충분히 복수는 가능하다.

"물론 이건 첫 번째 방법일 뿐이야."

"또 있다고?"

"당연히 있지, 후후후."

하지만 그 방법은 아직 쓸 시기가 아니기에, 노형진은 이것부터 시작할 생각이었다.

⚖

참영과 참그림에는 실제로 당첨의 이름이 공지되어 있었다.

노형진은 그걸 스크린샷을 찍어서 경찰에 위계에 의한 업무방해로 고소를 넣었다.

이유는 간단했다. 당선자의 이름이 거기에 없다는 것이었다.

물론 말도 안 되는 소리다. 많은 작가들이 실명이 아니라 예명으로 활동하는 걸 선호하니까.

하지만 그렇다고 해서 고발하지 말라는 법은 없다.

그리고 경찰도 알고 있었다. 이런 공모전은 내정자를 두고 주최하는 경우가 많다는 걸.

"우리는 안 그랬다니까요."

참영에서 나온 곽무안 전무는 딱 잡아떼었다.

"네네, 그러니까 그분들 연락처와 개인 정보를 제공해 주세요."

"개인 정보라 제공 못 합니다."

"그건 개인 간 업무고요. 이건 경찰 업무예요. 제공하세요."

그 순간 곽무안 전무의 표정을 보며 경찰은 느꼈다.

'이 새끼들 또 조작했네.'

사실 경찰 입장에서는 이런 꼴을 너무 많이 봐서 당연하다고 생각될 정도였다. 무려 3억이나 되는 돈이니까.

실제로 이런 짓거리는 대한민국에서 흔하다 못해 아예 일상인 수준이다.

방송국에서도 조작하고, 심지어 정치인들조차 조작한다.

그런데 기업이 조작을 안 했다? 오히려 웃긴 이야기다.

"우리는 안 그랬습니다."

"그러니까 그걸 증명할 수 있게 입상자의 주소와 연락처를 제공하면 되는 일이라니까요."

당사자를 만나서 진짜 그림을 그린 사람이냐고 물어보면
되고, 그 작품을 확인하면 그만이다.

"아니, 우리가 그걸 줄 수가 없다니까요."

하지만 안 했다는 말과 줄 수 없다는 말만 반복하는 곽무
안을 보며 경찰은 혀를 끌끌 찼다.

"저기요, 전무님."

"왜요?"

"위에 뇌물 좀 주고 덮어 달라고 하면 덮어 줄 거라 생각
해서 기다리시는 건 아는데요."

그 말에 곽무안은 순간 흠칫했다. 실제로 그런 생각이었으
니까.

이대로라면 자신들이 곤란해진다. 조작한 건 사실이니까.

그렇기에 덮어야 했다. 자신들이 만난 변호사는 이 경우
사기가 성립할 수 있다고 말했기 때문이다.

그리고 그 사실을 경찰도 알고 있었다.

"안 될 거예요, 아마."

"네?"

"이거 고소한 법무 법인이 어딘지 알아요?"

"어딘데요?"

"새론이에요, 새론."

"거기가 왜요? 뭐, 큰 로펌이면 법이고 뭐고 무조건 우기
기만 하면 된답니까?"

도리어 적반하장으로 나오는 곽무안을 보며 경찰은 다시 한번 혀를 끌끌 찼다.

"차라리 그런 거라면 속이라도 편하죠. 주위에 새론에 대해 물어보세요, 새론이 담당하는 사건을 뇌물로 컨트롤하려고 하면 무슨 일이 벌어지는지."

그 말을 이해하지 못한 곽무안은 눈을 데굴데굴 굴렸다.

"거기다 담당 변호사 이름에 노형진이 들어가 있어요. 이게 뭔 소리겠어요?"

다른 로펌은 대충 이름을 찍어 두고 시간이 남으면 출석하는 방식으로 운영된다. 그랬기에 등재된 변호사의 이름이 수십 개가 되기도 한다.

하지만 새론은 그렇게 하지 않는다.

특히 노형진은 자신이 나서는 사건이 아니면 절대로 이름을 올리는 걸 허락하지 않는다.

"지금 목소리만 높인다고 해서 해결될 일이 아니라니까요. 지금 당신네 회사, 좆 된 거예요."

그 말에 곽무안은 침을 꼴깍 삼켰다.

⚖

"뭐라고? 거절?"

참영의 대표이사인 박도상은 목소리를 높였다.

"네. 청장이랑 이야기해 봤는데 그게, 누굴 죽이려고 작정했느냐면서⋯⋯."

"아니, 씨팔. 야! 자리 좀 만들어 달라고 퍼먹이고 쥐여 준 게 얼만데 거절을 해?"

"하지만 방법이 없습니다. 자리를 마련해 준 변호사가 도리어 왜 자기한테 거짓말했느냐고 길길이 날뛰었습니다."

"그게 무슨⋯⋯."

고발이 이루어졌을 때만 해도 언제나처럼 뇌물 좀 주고 덮어 버리는 방법이 먹힐 줄 알았다.

그런데 뇌물을 주려고 만난 사람이 사건을 조금 알아보더니 칼같이 손절을 해 버린 것이다.

"아니, 어떻게 된 거야? 이거 문제없을 거라며!"

박도상은 기가 막혔다.

곽무안은 고개를 숙이며 기어들어 가는 목소리로 말했다.

"그건, 지금까지 단 한 번도 고소와 고발이 들어온 적이 없어서⋯⋯."

애초에 자기가 당선되지 않았다고 고소 고발을 하는 놈이 미친놈이다.

그랬기에 이런 당선작의 조작은 쉽다 못해 너무나도 당연한 일이었다.

그래서 갑자기 이렇게 사기로 고소가 들어올 줄은 몰랐다.

"경찰에서는 뭐래?"

"자료를 넘기랍니다. 그러지 않으면 법원에 영장을 청구한다고."

"아, 씨팔. 미치겠네."

사실 당선자들은 회사의 직원들이다. 그래서 직원들에게는 이미 입 다물고 있으라고 일러두기는 했다.

"방법이 없지. 제공해."

"네?"

"일단 제공하고 애들 입단속시켜, 절대로 회사 직원이라고 이야기하지 말라고."

"알겠습니다."

"도대체 뭐 하자는 거지?"

새론이 자신을 노리는 이유에 대해 박도상은 왠지 꺼림칙했다. 하지만 그렇다고 이제 와서 포기할 수는 없었다. 이제 돈 벌 일만 남았으니 말이다.

"어떻게 해서든 묻어 버려. 그러면 상황이 달라질 테니까."

그는 단순히 그렇게 생각했다.

하지만 노형진은 그의 생각처럼 그렇게 호락호락한 인물이 아니었다.

⚖

"뭐, 일단은 조사 결과 자기들이 당첨자가 맞다고 주장하네요."

노형진이 찾아가자 경찰은 어쩔 수 없다는 듯 말했다.

"알고 있습니다. 이미 수사 기록 열람을 신청해서 봤거든요."

"그러면 문제 될 게 없지 않습니까?"

"물론 그렇지요."

조작했다고 인정하면 모를까, 직원들은 자신들이 당선된 작가가 맞다고 목소리를 높였다.

"하지만 주소가 죄다 서울이더군요."

"그럴 수도 있지 않습니까?"

'그럴 수도 있지. 하지만 죄다 참영의 출근 반경 내라는 게 우연일까?'

심지어 주소지 주변에 웹툰 학원 하나 없는 지역도 있다.

즉, 조작일 가능성이 높다는 소리.

물론 참영이 그걸 쉽게 인정하지 않을 거라는 것 정도는 알고 있었다. 그럼에도 불구하고 노형진이 고발을 진행한 이유는 간단하다.

"그러면 국세 기록도 확인하셨겠네요?"

"국세 기록요?"

"네. 만일 그들이 참영의 직원이 아니라면 당연히 참영에서 사대보험을 들어 준 적도 없겠죠?"

"그거야……."

그 말에 경찰은 떨떠름한 얼굴이 되었다.

사실 그것까지는 확인하지 않았으니까.

'이러니까 알면서도 당하지.'

이런 조작이 일상처럼 벌어지는데도 불구하고 제대로 된 처벌이 이루어지지 않는 이유는 경찰에게 조사에 대한 열의가 없기 때문이다.

관련자가 처남이나 친구 같은 식으로 직접적인 관련 기록이 없거나 본인이 아니라고 우겨 버리면 그걸로 사건을 종결 처리해 버리는 것이다.

하지만 노형진이 그렇게 뻔한 거짓말에 대해 짚고 넘어가지 않을 리가 없다.

"이건 심각한 범죄입니다."

"아니, 그렇기는 한데 사기까지야……."

"사기뿐만 아니라 탈세도 됩니다."

"탈세요?"

"네, 제세 공과금은 대부분 당선자 부담이거든요."

만약 이들이 작품을 제출해서 당당히 당선된 당선자가 맞다면 국가에 세금을 낼 의무가 있다. 하지만 과연 그들이 냈을까?

'그랬을 리가 없지.'

정당한 돈도 주지 않으려고 하는 놈들이 세금을 낼 리가 없다. 즉, 이들은 탈세범이 될 수도 있다는 소리다.

"그건 아직 조사 안 하셨죠?"

"안 했죠."

떨떠름한 얼굴이 되는 경찰.

"조사해 주셔야지요."

"네."

그는 노형진의 요구를 거절할 수 없었다.

참영의 직원, 사인범.

그는 예상치 못한 경찰의 방문에, 날벼락이라는 말이 이럴 때 쓰는 표현이라는 걸 뼈저리게 느끼고 있었다.

"저요? 제가 세금을요?"

"네. 왜 세금 안 내셨어요? 지금 탈세로 고발할 예정입니다."

"아니, 미치겠네. 제가 왜 세금을 내요? 무슨 세금요?"

"1등으로 당선되셨다면서요? 그래서 확인해 봤는데 세금을 안 내셨던데요."

"그거 얼마나 한다고……."

사실 세금 자체는 얼마 하지 않는다. 1억 상금이라고 해도 경비 처리 비용을 빼고 세금을 계산하면 불과 몇십만 원 수준.

"금액이 문제가 아니죠. 돈을 안 내셨잖아요. 그러면 당선인이 아니라는 소리고요."

"그거야…… 그냥 까먹은 겁니다."

"까먹은 거 아닌 것 같던데. 이미 국민 건강보험공단에 확인해 봤습니다. 1년 전부터 참영에서 보험료를 낸 기록이 있던데요."

그 말에 사인범은 눈을 데굴데굴 굴렸다.

당연하게도 그건 사실이니까. 심지어 자신은 정직원이다.

그 순간 구원의 동아줄이 그에게 다가왔다.

"저희 회사에서는 직원의 공모전 참가를 막지 않습니다."

"누구십니까?"

"참영의 변호사 도기태라고 합니다."

도기태는 자신의 명함을 건네며 말했다.

"참영은 예술을 하는 예술 회사입니다. 당연히 예술성이 뛰어난 인재들이 현실에 부딪혀서 재능을 썩히는 불상사를 방지하기 위해 공모전 참가를 적극 권장했습니다."

"들으셨죠?"

"끄응."

그 말에 경찰은 신음 소리를 냈다.

실제로 그건 불법이 아니니까.

물론 대부분의 회사들은 관련자들이 참가하지 못하게 해 둔다.

그도 그럴 게, 일단 내부에서 부당 거래가 될 수도 있거니와 회사 근무자가 당선되면 그는 작품에 집중하지 회사 업무에 집중하지 않을 가능성이 높기 때문이다.

"하지만 우리 참영은 미래를 위해 직원들에게 적극적인 투자를 아끼지 않습니다."

너무 뻔한 거짓말이지만 그래도 말은 되기에 경찰은 딱히 뭐라고 하지는 못했다.

더군다나 참영이 보낸 변호사라면 결국 답은 뻔하니까.

'이거 어쩐다.'

"그러면 증명하면 되겠네요."

경찰이 고민하는 그때, 갑자기 노형진이 뒤에서 나타났다.

노형진은 참영이 이런 식으로 대응할 거라는 걸 예상하고 있었다. 거의 유일한 방어법이기 때문이다.

그랬기에 그걸 깨기 위해 온 건데 마침 변호사와 마주친 것이었다.

"당신이 누군데 증명하라 마라입니까?"

"노형진 변호사입니다."

노형진이라는 말에 일순 도기태의 눈동자가 흔들렸다.

그가 속한 로펌에서 아직 짬이 부족해 여기로 오기는 했지만 그래도 노형진이라는 이름의 변호사를 모르지는 않는다.

선배 변호사들에게서 가장 조심해야 하는 변호사 1순위라는 얘기를 몇 번이나 들었으니까.

"증명요? 무슨 증명요? 우리더러 뭘 증명하란 말입니까? 우리는 피해자입니다."

'그래, 겁먹지 말자. 어차피 이놈들은 증거도 없어.'

하지만 하룻강아지 범 무서운 줄 모른다고 했던가?

도기태는 고발의 규정상 새론이 증거를 가지고 있지 않을 거라 생각했다. 그리고 그건 실제로 틀린 추측이 아니었다.

그랬기에 도기태는 당당하게 나서서 도리어 노형진을 압박했다.

"피해자요?"

"당연하죠. 이거 무고죄인 거 아시죠?"

'얼씨구?'

도리어 무고죄 운운하며 이빨을 드러내는 도기태를 본 노형진이 느낀 감정은 분노가 아니었다.

'귀엽네, 진짜.'

종종 이런 애들이 있다.

이제 막 변호사가 돼서 자신의 능력이 엄청 대단하다고 생각하는 애들.

그래서 기존의 변호사들과 싸워도 쉽게 이길 수 있다고 생각하는 애들.

과거 사법연수원 시절에는 비슷한 괴물급 천재들끼리 경쟁하느라 그런 일이 덜했지만 요즘은 그런 게 없다.

로스쿨을 졸업하면 바로 일선에서 뛰니까.

'뭐, 이해는 가지만.'

실제로 도기태는 똑똑한 변호사인 동시에 권력을 가진 집안의 아들내미이기도 하다.

그래서 연수도 대형 로펌에서 했고, 승률을 쌓아 주기 위해 로펌에서는 쉬운 사건 위주로 그에게 맡겨 왔다.

'이번 사건도 그렇게 생각했나 본데.'

하긴, 증명할 서류가 없으면 유리한 건 저쪽이니까.

그러나 증명은 지금부터 하면 된다.

"그러면 간단하게 해결하죠."

"간단하게?"

"여기 있습니다."

노형진은 가방에서 뭔가를 꺼내서 사인범에게 건넸다.

"그려 보세요."

"네?"

"그려 보시라고요, 그림."

"무슨 그림요?"

"공모전에서 1등 하셨잖습니까? 작품 제목이 《장미의 제국》
이라고 하셨죠? 그거 그림을 그려 보시라고요, 아무거나."

그 말에 사인범의 눈이 똥그래졌다.

설마 이런 걸 요구할 줄은 몰랐으니까.

하지만 노형진은 당당했다.

어차피 이런 태블릿이야 회사에서 흔하게 쓰는 물건이다.

"그러니까 한 장면만, 아니 그 주인공이나 조연 캐릭터 아
무거나 그려 보세요."

"……."

당연히 그릴 수 있을 리가 없다.

애초에 사인범은 그림의 '그' 자도 모르는 사람이다. 학교

다닐 때 미술 성적은 언제나 평균 이하이었고 미술적인 재능도 전혀 없었다.

지금 그가 근무하는 곳도 미술과 관련된 부서가 아닌 인사과다.

"아, 힘든가요?"

노형진은 마치 알고 있다는 듯 미소를 지었다.

"뭐, 그렇다면 특혜를 드리죠."

노형진은 핸드폰을 꺼내 들었다.

순간 도기태는 이대로라면 당한다는 생각에 다급하게 소리를 질렀다.

"절대 허락 안 합니다! 아니, 못 합니다. 이건 위법입니다!"

"위법요? 어떤 면에서요?"

"피해자가 하기 싫어하는 걸 강제하는 건 2차 가해입니다."

"이봐요, 변호사님. 무려 두 개나 틀렸네요. 일단 이 사람은 피해자가 아니고, 저는 이 사람에게 자신의 무죄를 증명할 기회를 드린 겁니다."

그냥 그림 하나만 그리면 모든 죄가 없어지는 거다. 아주 간단한 거다.

"하지만 저작권이라는 게 있습니다!"

"그러니까 스토리가 아니라 그림만 그리라고 하지 않았습니까? 설마 자기 작품의 주연 캐릭터도 못 그리는 사람이 작가일 수는 없을 테니까요."

그 말에 도기태는 할 말이 없었다.

"그리고 지금이 아니더라도 저는 추후에 재판부에 요구할 생각입니다만?"

무죄를 증명하기 위해서 재판부 앞에서 그림을 그리게 하는 건 불법이 아니다.

즉, 이르든 늦든 실제로 그림을 그려 보여야 하는 상황은 올 수밖에 없다는 거다.

그 말에 도기태는 아무 말도 할 수가 없었다.

당연히 못 그릴 테니까.

심지어 노형진은 사인범에게 아예 소금을 팍팍 뿌렸다.

"아, 못 그리시겠어요? 그러면 제가 도움을 좀 더 드리죠."

노형진은 핸드폰에 《장미의 제국》을 띄워 둔 다음 사인범의 앞에 세워 뒀다.

"보고 그리세요."

"……."

보고 그리는 건 쉬울까? 그렇지 않다.

사람에게는 각자의 화풍이라는 게 있다.

글씨체도 교정하려면 최소 몇 년은 공들여서 바꿔 가야 하는데 하물며 화풍을 바꾸는 건 절대로 쉬운 일이 아니다.

아무리 눈앞에 같은 그림이 있다 해도 그걸 따라 할 정도의 실력은 절대로 쉽게 만들어지지 않는다.

달리 모방이 성장의 한 방법이라고 하는 게 아니다.

하물며 한 번도 그려 본 적 없는 그림을, 원화를 보고 똑같이 그리는 게 가능할까?

"왜 못 그리실까요?"

"그거야 긴장해서……."

"진짜요? 재판장님 앞에서도 그러실 겁니까?"

노형진의 말에 사인범의 눈동자가 흔들렸다.

이건 아무리 봐도 좆 된 것 같았으니까.

그는 저도 모르게 입술을 움직였다.

"그……."

"묵비권! 묵비권 행사하겠습니다!"

그 순간 도기태는 다급하게 사인범의 입을 막아 버렸다.

그러자 사인범은 정신을 차리고 다급하게 입을 다물었다.

"뭐, 들었죠? 묵비권을 행사한다네요."

"네."

경찰은 그런 도기태의 말에 쓰게 웃었다.

이 상황에서 묵비권을 행사한다는 것 자체가 지신들이 불리하다는 걸 인정하는 꼴밖에 안 되니까.

"묵비권은 불법이 아니니까, 뭐."

노형진은 더 이상 뭐라고 하지 않았다.

하지만 도기태는 자신이 놀아났다는 사실에 표정이 참혹하게 일그러지고 있었다.

이것이 법이다

너 대신 내가 싸우마

"독하다, 독해. 이 정도면 입을 열 만도 한데."

서세영은 질렸다는 듯 말했다.

분명히 이 정도 압박이면 더 이상 벗어날 수 없을 거라 생각해서 입을 열 만한데 절대로 입을 열지 않았기 때문이다.

"양심보다는 이득이거든."

그런 서세영에게 노형진은 안타깝다는 듯 말했다.

"그게 무슨 말이야, 오빠?"

"이번 사건에서 말이야, 그 사인범이라는 사람이 진짜로 돈을 받은 놈이라고 쳐. 그러면 실형이 나올까?"

"아니, 안 나오겠지."

이 정도면 벌금이 잘해 봐야 천만 원 수준일 거다.

"그러면 그 벌금은 어디서 만들어서 내야 할까?"

"자기가 알아서 내야지. 이런 걸 회사에서 내줄 리가 없잖아."

"맞아. 그게 핵심이지. 자신이 알아서 내야 하는데, 그게 싫다고 회사를 그만두면? 과연 어떤 일이 벌어지겠어?"

"어? 아, 그 생각을 못 했네."

정신적 압박을 통해 진실을 말하게 할 수는 있다.

하지만 그 이상의 또 다른 압박이 있다면 결국 사람은 입을 다물기 마련이다.

"결국 진실이라는 건 이득과 손해의 상관관계에 의한 결과물일 뿐이야."

노형진은 안타깝게 말했다.

그래서는 안 되지만 그게 현실이었다.

"자기 손해가 더 크면 진실을 말하겠지. 하지만 손해가 작으면 진실을 말하지 않아. 그리고 요즘 같은 시기에 중견 기업의 정규직은 절대로 쉬운 자리가 아니거든."

사인범이라는 인간이 월급을 얼마나 받는지는 모르지만 못해도 300만 원은 받을 거다.

그렇다면 서너 달만 일해도 어떻게 벌금을 낼 돈은 나온다.

"그에 반해, 진실을 말하고 회사에서 잘리면?"

월급도 못 받고 재취업도 불확실해진다.

아니, 거의 100% 재취업이 불가능하다.

한국은 내부 고발자 또는 회사의 죄를 뒤집어쓰는 걸 거부하는 사람을 절대 쓰지 않는 걸로 유명하기 때문이다.

"기껏해 봐야 월 200도 안 되는 돈을 받는다면 어디 작은 회사에 출근할 수야 있겠지."

당연히 사인범은 그게 싫을 테고 말이다.

"그러면 우리가 고발한 게 의미가 없다는 거야?"

사인범이 죄를 인정하지 않으면 사기를 입증할 수가 없다.

"설마 그러겠냐. 당장 참영이라는 회사에 죄목을 붙이는 것 하나만으로도 피해는 줄 수 있는데."

"아, 그랬지."

노형진은 분명 그랬다.

권리를 찾아오는 건 불가능하다. 하지만 복수는 해 줄 수 있다.

"그러니까 일단은 고소를 넣은 거야. 나중에라도 사기로 엮기 위해서."

"하지만 결과적으로 실패한 거잖아? 나중에 사기로 엮으려고 한다면 그 사람이 참영을 그만두거나 잘려야 한다는 건데."

"물론 그렇지. 그러니까 이제 두 번째 작전을 써야지."

"두 번째 작전?"

노형진의 말에 서세영은 어리둥절한 듯 바라보았다.

두 번째 작전이 뭔지는 들은 바가 없으니까.

"내가 말했지, 아이디어는 보호받지 못한다고?"

"그랬지."

"하지만 계약은 보호받지."

"엥? 하지만 우리 의뢰인들은 계약한 적이 없는데."

"물론 그렇지. 하지만 우리가 계약하면 되지, 후후후."

그리고 그걸 비비 꼬는 게 노형진의 계획이었다.

⚖️

"2차 판권 계약요?"

안중창을 비롯한 사람들은 이해가 되지 않아서 되물었다.

"그러니까 변호사님께서 저희와 2차 창작 계약을 하시겠다 이겁니까?"

"맞습니다."

"하지만 아이디어는 보호받지 못한다면서요? 그리고 애초에 변호사님은 2차 판권과는 상관없는 로펌에서 근무하시는분 아닙니까?"

"맞죠."

"그런데 저희한테 2차 판권을 달라는 말씀이시고요?"

분명 노형진은 이들에게 그렇게 말했고, 그 이야기를 들었던 다른 변호사들 역시 그렇게 말하면서 어리둥절한 얼굴로 물었었다.

"맞습니다. 아이디어는 보호받지 못하죠. 하지만 여러분이 저와 계약하는 순간 보호 주체가 바뀌어 버리거든요. 그리고 2차 판권의 계약 주체에 대한 제한은 없습니다. 제가 변호사라고 해도, 설사 아무것도 아닌 동네 백수라고 해도 계약하면 그 권리는 인정됩니다. 물론 그걸 실행하는 건 각자의 능력에 달려 있지만요."

"보호의 주체?"

"네. 물론 계약금은 많이 못 드립니다. 한 분당 30만 원씩 드리죠. 조건도, 나중에 아무 조건 없이 파기 가능한 걸로 하고요."

쉽게 말해서 나중에 진짜로 상품화되더라도 노형진은 아무런 이득도 바라지 않는다는 소리였다.

"좀 쉽게 설명해 주시면 안 될까요? 저희가 그…… 법 쪽으로는 무지해서."

생각을 거듭하던 안중창은 결국 도저히 이해하기가 어렵다는 듯 물어 왔다.

노형진은 그런 그들에게 차분하게 말했다.

"간단하게 말해서 이겁니다. 여러분의 아이디어가 보호받지 못하는 것은 아직 아이디어에 지나지 않기 때문입니다."

즉, 구체화되어 있지 않고 그 구체화되기 위한 계획조차 없기에 보호받지 못하는 거다.

"그런데 계약이라는 건 거기에 구체화 과정이라는 실체가 붙기 시작한다는 뜻입니다."

"흠, 그건 그런데요……."

설명을 들었음에도 쉬이 이해가 가지 않는지 웹툰 작가들은 미간을 찌푸리며 입을 꾹 다물었다.

그때 어떤 작가가 얼굴이 환해져서는 입을 열었다.

"아, 무슨 뜻인지 알겠어요! 제가 아는 분도 계약해 본 적이 있거든요."

세상의 모든 작품이 완성된 채로 계약이 이루어지는 건 아니다.

이런 장기 연재 작품들은 아이디어만으로 계약한 뒤 그 작품을 완성해 간다.

노형진은 고개를 끄덕였다.

"네, 바로 그겁니다. 그런 경우, 계약이 그 작품에 존재성을 부여하는 것이라 볼 수 있죠."

즉, 지금은 이들이 공모전에 서류와 일부 작품을 제출했음에도 계약이 이루어지지 않았기 때문에 보호받지 못했으나, 노형진과 계약하는 순간 실체를 이룬다는 거다.

"그러면 이 소송은 이 아이디어의 구체화를 누가 먼저 이루었느냐는 싸움이 됩니다. 그런데 이게 문젭니다."

"문제요?"

"네. 여러분은 상당히 구체적이고 예상 가능한 작품 스토리를 제공했지요?"

"네."

아직 완성된 게 아니더라도 공모전에는 정해진 규칙이라

는 게 있다.

공모전에 '용사가 마왕을 해치우고 공주님을 구했습니다. 그리고 두 사람은 행복하게 잘 살았습니다.'라고 아이디어를 적어 낼 수는 없다.

그 아이디어를 상당히 구체적으로 풀어서, 그 스토리 라인에 들어갈 사건과 인물들 그리고 그들의 심리적 상황을 세밀하게 정리하게 된다.

그래서 계약 즉시 바로 작품 제작에 들어갈 수 있는 정도의 완성도가 아니면 공모전에서 입상은커녕 장려상도 받기 힘들다.

"여러분이 이 상황에서 저작권 위반으로 고소를 넣는다면 보호 대상이 될 수 없죠. 하지만 저와 계약하면 보호 대상이 됩니다."

그렇다면 그 계약을 보호하기 위해서는 어떤 과정을 거쳐야 할 것인가?

"저는 그들에게 해당 작품의 연재 금지 가처분 신청을 걸 겁니다."

"연재 금지 가처분 신청요?"

"네."

노형진이 계약을 함으로써 구체적인 실행이 이루어졌다.

그러니 그 아이디어를 누가 구체화했는지로 소송을 걸 거라는 거다.

"그리고 이 경우 법원은 여러분이 제출한 서류를 감안하지 않을 수가 없죠."

"음?"

그 말에 사람들은 이해할 수 없다는 듯 물었다.

"원래 우리의 아이디어인데요?"

"맞습니다. 그렇기에 법원에서는 머리가 아파지는 거죠."

아이디어니까 보호하기에는 애매하다. 그 기준으로는 노형진이 연재 금지 가처분 신청을 해도 허가가 나지 않아야 한다.

하지만 아무리 저들에게 아이디어를 빼앗겼다 해도 이쪽에는 피해자들이 보낸 서류와 이메일 기록이 있기에, 아이디어를 구체화한 사람이 이쪽이라는 걸 증명할 수 있다.

"아, 그렇구나! 그러면 원아이디어의 계승자와 계약이 우선이냐, 아니면 아이디어 도둑질이 우선이냐는 애매한 상황이 되는 거구나!"

서세영은 아차 싶은 얼굴로 감탄하며 자신도 모르게 손뼉을 쳤다.

"와, 역시 오빠는 천재네."

"후후후, 칭찬 감사."

"저희는 여전히 모르겠습니다만?"

물론 안중창은 여전히 모르겠다는 눈치였다.

"간단하게 말해서 이거죠. 제 계약의 적합성이 인정되면 역설적이게도 여러분의 아이디어가 완성된 시점이 그 공모전의 서류를 제출한 시점이 된다는 거죠."

그 말인즉슨 그 시점부터 빼도 박도 못하게 작품으로써의 권리가 발생한다는 소리다.

그러니 그 순간 그들의 아이디어는 구체화된 작품이기도 하다는 뜻이었다.

"하지만 반대로 제 계약이 무시되고 그들이 아이디어를 차용한 게 합법이라면 법적으로 공모전의 아이디어는 회사에 귀속된다는 황당한 논리가 성립됩니다."

당연하게도 그걸 법원에서 인정한다면 저작권 계열에서는 난리가 날 거다.

지금이야 데뷔하지 못한 작가들만의 문제이지만 앞으로는 이 문제가 공모전이 가능한 모든 업계로 들불처럼 번져 나갈 거다.

"그러면 이건 아주 심각한 문제가 되거든요."

정확하게 표현하자면 저작권법상 아이디어는 보호받지 못한다는 판례는 있지만 그 아이디어의 기준이 어디까지인지에 대한 판례는 없다.

"이 경우는 무조건 대법원으로 갑니다."

그리고 대법원에 가게 되면 최소 5년은 걸릴 거다.

"그리고 아이디어의 상품성에 대해 이야기하는 만큼 우리가 요구하는 연재 금지 가처분 신청이 통과될 가능성이 아주 높지요."

그 말에 다들 입을 쩍 벌렸다.

다른 변호사들은 하나같이 입을 모아 아무리 노력해도 연재는 막을 수 없다고 말했는데, 노형진은 간단한 계약을 통해 그걸 가능하게 만들었으니까.

그때 서세영이 노형진을 쿡쿡 찔렀다.

"오빠, 그래도 여전히 이해가 되지 않는 게 있는데."

"뭔데?"

"일단 가처분 신청을 받아 주지 않을 수도 있잖아. 그렇지?"

"맞아. 그렇지."

"그리고 아이디어의 경우는 계약의 정당성을 양쪽 다 걸수도 있잖아. 그게 문제 아니야?"

"그렇기는 하지."

가처분 신청을 받아 준다면 고맙지만 기업에서 로비를 하거나 기업을 위해 판사가 연재를 허락해 줄 가능성도 무시 못 한다.

왜냐하면 한국은 법원이 극단적으로 기업을 편들어 주는 분위기가 강하기 때문이다.

"아마도 이 경우는 두 번째 판단을 하겠지."

양쪽 다 아이디어에 대한 권리는 인정하되 그 후에 살을 붙이는 것은 이쪽의 책임이라는 식으로 말이다.

"그리고 그게 내가 노리는 거야. 사실 연재 금지 가처분 신청이 통과되는 건 거의 요행을 원하는 수준이라서, 되면 좋고 안되면 말고 정도의 느낌이야."

"응? 어째서?"

노형진의 말에 서세영도 다른 작가들도 궁금한 표정으로 그를 쳐다보았다.

"간단하게 말하자면, 저들이 아이디어를 도둑질한 건 나중을 위한 거니까."

"나중을 위한 거라고?"

"그래. 2차 저작권, 알지?"

"그 이야기는 했지."

물론 웹툰 시장 자체가 아주 커진 건 사실이다. 하지만 신흥 기업이, 그것도 새롭게 연재하는 웹툰이 유명 작가도 없는 연재 사이트를 만들어서 홍보하는데 아주 크게 성공할 가능성은 그다지 높지 않다.

사실 이 정도면 적자만 안 나도 다행이라고 생각할 정도로 위험한 투자이기도 하다.

"실제로 좀 알아보니까 참그림이라는 사이트는 간신히 흑자더군요."

흑자의 규모도 고작 매달 몇백만 원 수준이다.

'하지만 그게 이상하단 말이지.'

처음 시작한 곳이 흑자를 낸다? 그건 이상한 말이다.

판매량이 그리 많지도 않은 상황에서 흑자가 날 이유가 없기 때문이다.

'그건 나중에 알아보고.'

지금 중요한 건 그게 아니니까.

"그렇다 보니 저쪽에서 나중에 원작의 좋은 스토리를 기반으로 2차 저작 수익을 노릴 거라고 했잖아. 그렇지?"

"맞아. 그랬지."

"그런데 말이야, 법원에서 이쪽에도 동일한 아이디어에 대한 권리를 인정한다면 어떻게 되겠어?"

"모르겠는데."

서세영은 아직 경험이 부족해서인지 그게 뭘 의미하는지 정확하게 이해하지 못했다.

작가 중 한 명이 곰곰이 생각하더니 입을 열었다.

"어? 그러면…… 그게 저작권 위반이 되나요?"

"애매하죠. 정확하게 표현하자면 저작권 위반이라고 보기도 애매하고 아니라고 하기도 애매한 어정쩡한 상황이 되어 버립니다. 그걸 제가 노리는 거고요."

"그걸 노려서 뭐 어쩌려고? 혼란스럽긴 하네. 그게 나중에 2차 창작에 뭔가 영향이 있어?"

서세영은 여전히 혼란스러운 듯했다.

그리고 다른 작가들 역시도 이해하지 못하기에 노형진은 좀 더 쉽게 설명해 줬다.

"당연히 있지. 양쪽 다 비슷한 스타일에 비슷한 스토리를 가진 정당한 권리자니까."

물론 실제 제작자는 그런 것에 대해 모를 거다. 참영이 말해 주지 않았을 테니까.

하지만 이쪽은 다르다.

이쪽도 법원에서 비슷한 스토리에 대한 저작권을 인정받은 이상, 비슷한 스토리로 2차 작품이 만들어질 경우 제작 금지 가처분 신청을 걸 수 있게 된다.

"그러면 참영이 가진 작품의 권리는?"

"사실상 사라지는 꼴이지."

제작자들이 바보도 아닌데 소송에 들어가서 제작이 짧으면 3년, 길게는 5년씩 딜레이될 2차 작품의 원작을 쥐려고 할까?

그럴 리가 없다.

만일 원작 문제로 2차 창작물을 제작하는 중 딜레이가 되면 출연료에서부터 촬영 비용까지 몽땅 날리는 셈이니까.

"실제로 2차 창작물에서는 원작의 저작권 문제를 상당히 꼼꼼하게 따져. 옛날에 황당한 사건이 있었거든."

"황당한 사건?"

"그래. 아이디어는 똑같았는데 2차 창작물이 미세하게 틀어진 거지."

어떤 제작사에서 드라마가 만들어 상영되었는데, 그와 비슷한 시기에 다른 제작사에서 비슷한 드라마를 제작한 것이다.

결국 먼저 드라마를 만든 제작사에서 다른 방송국을 통해 나중에 만든 제작사를 고소했다.

워낙에 비슷한 아이디어가 많이 차용되었기 때문이었는데, 그 과정에서 둘 다 원작이 있는 드라마였다는 우스운 사실이 밝혀졌다.

차이가 있다면 첫 번째 제작사의 드라마는 일본 소설이 원작이었고, 두 번째 제작사의 드라마는 한국 소설이 원작이었다는 것.

그래서 두 원작 소설들을 비교해 보았는데, 공교롭게도 출간된 순서는 한국이 먼저였으며 나중에 출간된 일본 소설은 한국에 출간된 적도 없고 일본 소설의 작가는 한국어를 전혀 할 줄 몰랐다.

즉, 동일한 아이디어에서 시작된 두 작품이 동일한 전개로 흘러가면서 미묘하게 비슷해졌는데 드라마를 제작하는 제작사들이 그 사실을 몰랐던 거다.

"그거 말고도 저작권 문제 때문에 작품이 뒤엎어진 경우가 제법 많거든."

드라마를 가지고 와서 제작하다 나중에 알고 보니 다른 나라의 드라마 또는 만화, 심지어 동료 작가의 내용까지 훔쳐서 만든 경우가 워낙 많았다.

그래서 2차 창작, 특히 방송 쪽은 법적인 소송 가능성이 있는 작품은 절대로 작품으로 만들지 않게 되었다.

"그러면 그 자체로도 그 녀석들의 계획은 틀어지는 거네?"

"맞아. 소송이 끝나기 전까지는 누구도 그들과 계약을 하지 않겠지."

아니, 이 소문이 도는 순간 그 회사의 작품이라고 하면 무조건 믿고 거르는 분위기가 조성될 거다.

"헐."

그 말에 안중창은 입을 쩍 벌렸다.

그러다 정신을 차리고는 물었다.

"그래서, 어디다가 도장을 찍으면 될까요?"

"뭐라고? 연재 금지 가처분 신청? 새론에서?"

"정확하게는 새론이 대리인이고 소송 당사자는 소울이라는 드라마 제작사입니다."

"소울? 그건 또 뭐 하는 새끼들이야?"

곽무안의 말에 박도상은 눈을 찡그렸다.

처음 들어 보는 제작사다.

그쪽 바닥에 대해 아예 모르는 게 아닌 박도상 입장에서는 기가 막혀서 말도 나오지 않았다.

어디 듣도 보도 못 한 제작사가 끼어들어서 장난질을 한단 말인가?

"애들 보내서 지랄 좀 해 봐. 아니면 변호사를 보내서 겁 좀 주거나. 어디 듣보잡 새끼들이 초를 치려고 지랄이야, 지 랄이."

"그게…… 안 됩니다."

그 말에 곽무안이 진땀을 흘리며 말했다.

"안 된다? 언제부터 네가 나한테 말대꾸를 해? 이 새끼야, 까라면 까."

"진짜 안 되니까 드리는 말씀입니다. 소울은 마이스터에 서 투자해서 만든 미국계 기업입니다."

"미국계 기업이라고?"

"네, 네트웍플러스와 손잡고 그들에게 드라마를 제작할 목적으로 만들어진…….."

"이런 씨팔! 언제?"

"그게…… 이번에 새롭게 만들어졌답니다."

"이번에?"

"네."

"이런 미친!"

이러면 일이 곤란해진다.

한국 기업도 아닌 미국계 기업의 한국 지사라면 건드리는 순간 국제적 분쟁이 된다.

더군다나 네트웍플러스와 손잡고 드라마를 제공하는 곳이 라면, 까딱 잘못하면 자신들이 네트웍플러스와 척지게 된다.

"이런 씨팔. 이게 아닌데?"

원래는 원천 IP를 빼앗기 위해 한 일이 이번 참영이라는 회사에서 주최한 공모전이었다.

적당히 손해만 안 보다가 원천 IP를 팔아먹는 것. 그게 목적이었던 것이다.

그랬는데 갑자기 일이 커졌다.

물론 이건 다 노형진의 계획적인 쇼다.

그들의 생각과는 달리 소울은 한국에서 드라마를 제작할 계획이 없다. 당연히 네트웍플러스에 드라마를 제공할 거라는 계획도 구체화되지 않았다.

정확하게 표현하자면, 네트웍플러스는 소울의 존재도 모른다는 편이 맞겠다.

다만 네트웍플러스의 최대 주주 중 한 명이 마이스터이고 소울의 투자자가 마이스터라고 하니까 곽무안이나 박도상 입장에서는 서로 긴밀한 협조 관계가 있다고밖에 볼 수 없었던 것이다.

한국에서는 뭐 하나 잘되면 기업이 온갖 관련 업체를 흡수해서 문어발 투자를 하는 게 국룰이니까 미국도 그럴 거라 생각한 것이다.

당연히 그 모든 계약은 내부 계약으로, 돈이 돌고 돌도록 한다.

"그러면 그 소울이라는 놈들이 뭐라는 거야? 그러니까 자기들이랑 계약했으니까 2차 창작을 하지 말라 그거야?"

"네, 맞습니다."

"뭔 개소리야! 아이디어는 보호받지 못한다, 몰라?"

"그건 맞습니다. 다만 일단 계약이 있는 이상 재판을 피할 수 없다는 사실이 문제라……."

"염병."

그 말에 박도상은 눈을 찡그렸다.

하지만 아무리 생각해 봐도 해결책이 떠오르지 않았다.

⚖

당연히 연재 금지 가처분 신청에 대한 심사는 빠르게 결정되었다.

권리에 대한 재판은 최소 3년에서 최대 5년까지 가겠지만 권리를 중지하는 건 길게 끌 수 없다.

왜냐하면 권리를 행사하는 행위의 경우 길게 끌면 그사이 이미 이익을 몽땅 훔쳐 가고도 남기 때문이다.

그랬기에 재판 자체는 아주 빠르게 진행되었다.

"원고 측은 그러니까 정당한 권리를 가진 계약자와 계약한 거다 이거죠?"

"맞습니다."

"그리고 그 권리를 증명할 서류는 공모전 제출 기록이다?"

"네, 맞습니다."

"흠."

확실히 이메일 등을 통한 모든 기록은 서버상에 남기 때문에 증거로 쓰기에 전혀 부족함이 없다.

하지만 그렇다고 해서 문제가 완전히 사라진 건 아니었다.

"피고 측, 피고 측 입장에서는 이게 아이디어일 뿐이지 완성된 작품이 아니기 때문에 권리를 주장할 수 없다고 하는 거고요?"

"맞습니다, 재판장님."

"하지만 이 정도면 충분히 구체화되었다고 볼 수 있지 않습니까?"

"이 정도 스토리 라인과 구성은 결국 아이디어의 영역입니다. 아시다시피 그걸 어떻게 구성하느냐에 따라, 또 어떻게 그리느냐에 따라 전혀 다른 작품이 되기 때문입니다."

"그건 그런데 말이지요."

판사는 곤란한 듯 말했다.

법대로 하자니 이건 누가 봐도 참영이 사회적으로 지탄받을 행위를 한 게 맞고, 그렇다고 노형진과 새론의 말대로 가처분 신청을 인용하자니 누가 봐도 이건 아직까지 아이디어의 영역에 있는 것도 사실이기 때문이다.

"원고 측 입장에서는 이게 구체화된 내용이라고 생각한다는 거고요."

"맞습니다, 재판장님. 상식적으로 이 정도 스토리 라인이면 드라마든 웹툰이든 핵심적인 주제의 전달이 가능한 수준입니다."

"주제는 거기서 거깁니다. 이걸 인정하면 다른 작품 자체를 만들 수 없을 정도로 예술의 창작성에 영향을 끼치게 됩니다."

노형진의 주장에 도기태는 다급하게 재판부에 반박 의견을 제시했다.

어찌 되었건 자신들 입장에서는 연재를 멈출 수가 없기 때문이다.

이제 막 유저들이 웹툰을 보러 사이트에 들어오는 상황인데, 연재가 멈추면 당연히 아무도 보러 오지 않을 테니 망하는 미래밖에 존재하지 않을 테니까.

그러니 연재 금지 가처분 신청은 절대로 받아들일 수 없었다.

"이거야, 원."

양측의 팽팽한 대립.

재판부 입장에서는 어느 쪽도 명확한 대답을 해 주기 애매한 상황이었다.

그 상황에서 노형진은 생각지도 못한 방식으로 재판부의 판단을 자극했다.

"재판장님, 그런데 이상한 게 있습니다."

"이상한 거요?"

"네."

"이 작품들 말입니다. 연재 금지 가처분 신청을 하기 위해서는 작가의 의견을 들어야 하지 않습니까?"

"작가요?"

"네. 이 작품들의 작가 말입니다."

노형진의 말에 재판장은 눈을 찡그렸다.

"이미 의견서를 내셨잖습니까? 설마 원고 측의 쉰 명이 넘는 작가를 모두 소환해서 의견을 듣자는 겁니까?"

말도 안 되는 소리다. 그러면 너무 일이 복잡해진다.

그리고 이미 그들이 서면으로 의견서를 제출한 이상 그건 그다지 의미 있는 법률행위가 아니었다.

그런 노형진의 말에 도기태는 단호하게 말했다.

"재판장님, 이건 법과! 원칙에! 따라서! 판단하셔야 합니다. 저희 작품을 빼앗아 가려고 하는 놈들의 감정 호소에 흔들리시면 안 됩니다."

그 말에 판사는 어이가 없다는 듯 그를 바라보았다.

작품을 빼앗으려 하는 건 새론이 아니라 참영이다. 그런데 그런 참영 측 사람의 입에서 법과 원칙대로 하라는 말이 나오다니.

"물론 그러셔야지요."

그런데 정작 노형진은 그 말에 도리어 수긍하며 고개를 끄덕거리는 게 아닌가?

그런 노형진의 모습에, 가만히 듣고 있던 곽무안은 꺼림칙해졌다. 아무리 생각해도 노형진이 이야기하는 건 그게 아닌 것 같았던 것이다.

아니나 다를까, 그의 불길한 예감은 현실이 되었다.

"그런데 제가 드리는 말씀은 저희 쪽 작가가 아닙니다만?"

"당신네 작가가 아니다?"

"네, 그렇습니다. 이 작품을 그린 누군가가 있지 않습니까?"

"그린 누군가?"

그 말에 곽무안의 얼굴이 창백하게 변했다.

노형진은 그 모습을 보고 뭔가를 눈치챘다.

'뭔가 있군.'

그렇지 않고서야 이런 자리에서 저렇게 티가 날 정도로 얼굴색이 변하는 건 말이 안 된다.

하지만 노형진은 그걸 알아챈 걸 당장 파고들지는 않았다.

그는 다른 방법으로 그게 뭔지 알아내기로 하고 오늘은 이쪽의 요구를 관철하기로 했다.

"재판장님, 저희의 소장을 보면 아시겠지만 연재 금지 신청의 대상은 참영만이 아닙니다. 참영과, 참영이 운영하는 웹사이트인 참그림에 작품을 연재하는 작가들이지요."

"그렇지요."

"그런데 여기에는 참영만 있지 않습니까? 그렇지요?"

"그렇지요."

"그래서 작가는 어디에 있습니까?"

"확실히……."

연재 금지는 두 가지 방식으로 이루어질 수 있다.

첫 번째는 참영에서 자사의 연재 사이트인 참그림에 문제의 작품의 연재를 중단하는 것.

두 번째는 아예 작가가 문제의 작품을 제공하지 않는 것.

어느 쪽이든 연재가 중지되는 것이기 때문에 노형진은 그 두 가지를 전부 요구할 생각으로 연재 중지 가처분 신청을 했다.

그런데 가처분 심사를 위한 법정에 온 건, 작가는 한 명도 없이 오로지 참영의 곽무안 전무 한 명뿐이었다.

"곽 전무님이야 참영의 대리인이 될 수 있죠."

전무라는 직함을 가지고 있고 실제로 회사에 전달된 서류의 날짜에 맞춰서 출석했으니까. 법적으로는 문제없다.

"하지만 전무님이 작가님들을 대리할 수는 없으실 텐데요?"

일단 법률적 대리인의 자격이 안 된다. 그는 변호사도 아니고 그들과 가족 관계에 있는 것도 아니니까.

설사 소송 관련자로 어떻게든 묶는다 하더라도 그런 걸 증명하기 위해서는 증명 서류를 제출해야 한다.

"쉰 명이 넘는 작가의 위임장과 인감증명서를 가지고 오셔야지요."

"그걸 다 말입니까?"

노형진의 말에 판사는 고개를 끄덕거렸다.

"맞습니다. 그게 규정입니다."

규정이다.

아무리 그들이 기업이라고 해도 그런 기본적인 대리권에 대한 정리가 이루어지지 않으면 애초에 재판 자체의 성립이 불가능하다.

"그게, 작가들이 주려고 할지……."

"주지 않는다고 하면 어쩔 수 없죠."

재판장의 말에 곽무안의 얼굴색이 살짝 나아지려고 했다.

가처분 신청을 인용하지 않는다고 말하는 거라 생각했던 거다.

그러나 그 다음 순간 이어진 말은 그를 깜짝 놀라게 했다.

"연재 금지 가처분 신청을 인용하는 수밖에요."

"네? 아니, 그게 무슨 말입니까, 재판장님?"

"간단한 겁니다. 재판에 출석하지 않은 사람은 재판정에서 이루어지는 결정에 이의를 제기할 수 없습니다."

정확하게는 그걸 다시 풀어 달라고 해제 신청을 할 수는 있지만 당장 이루어질 가처분 신청에 대해 부당하다고 주장할 수는 없다는 소리다.

"법 위에서 잠자는 자는 보호받지 못한다, 그게 현재 대한민국 법의 가장 핵심 아닙니까?"

귀찮다고 출석도 하지 않고 대리도 맡기지 않는다면 그냥 자기에게 가해지는 불이익을 감수하는 것 말고는 방법이 없다.

"피고 측, 작가들의 대리인이 참석했거나 대리권을 받아

왔다는 증거가 있습니까?"

"어…… 없습니다."

"그러면 작가들이 출석하지도 않았고요?"

"그렇습니다."

"그러면 피고 측에게 전달된 내용을 작가들에게도 전달했습니까?"

"……."

당연히 이야기를 안 했는지 아무런 말도 하지 못하는 곽무안.

그리고 그런 곽무안의 묵묵부답의 의미를 알았는지 재판부는 고개를 끄덕거렸다.

"그러면 이번 연재 금지 가처분 신청은 인용하도록 하겠습니다."

"재…… 재판장님! 그건 불법입니다!"

"불법? 지금 판사 앞에서 판사의 결정이 불법이라고 했습니까?"

판사가 기가 막힌다는 듯 묻자 곽무안은 아차 싶어서 입을 다물었다. 그러자 그런 곽무안을 도기태가 기가 막히는 표정으로 바라보았다.

그렇잖아도 입을 나불거려서 불리한데 판사의 분노까지 샀으니까.

"고소인은 피고소인 측과 주고받은 메일 내역과 모든 증거를 확보한 상황입니다. 그리고 그 내용을 복제하다시피 하여 사용하고 있다는 것도 증명했죠. 피고소인 측은 이게 아이디어의 영역이라고 주장하고 있지만, 글쎄요? 구체화 정도와 계약의 성사 여부를 생각하면 이건 단순히 아이디어를 넘어서 구체화된 저작권을 가진 창작물이라고 볼 수 있습니다."

"……."

"그걸 반박하기 위해서는 실제로 작업한 작가들의 의견이 중요한데, 작가들 본인도, 위임장과 인감증명서도 없이 혼자 출석해서 한다는 말이, 판사의 결정이 불법이다?"

"그…… 죄송합니다. 실수했습니다."

"실수고 뭐고 일단 연재 금지 가처분 신청을 인용합니다. 현시점부터 참영에서 제작된 모든 작품은 참그림을 비롯한 어떠한 곳에서도 연재해서는 안 됩니다. 만일 이 결정에 이의가 있거나 해제를 원한다면 정식으로 연재 금지 가처분 해제 신청을 하세요."

그 말에 곽무안은 똥 씹은 얼굴이 되어 버렸다.

⚖️

"아주 그냥 죽으려고 하던데."

"그럴 만하지. 홍보에 가장 핵심적인 순간이니까."

서세영은 싱글벙글 웃고 있었지만 노형진은 조금도 웃지 않았다.

"오빠, 왜 그래? 왜 안 웃어? 이겼잖아."

"아니, 이기기는 했는데, 거기서 이상한 걸 발견했거든."

"뭔데?"

"내가 참영에 문제의 웹툰들을 그리는 작가들을 데리고 오거나 그들의 위임장을 가지고 오라고 했잖아."

"그랬지?"

"그랬더니 전무가 곤혹스러워했단 말이지."

"무슨 소리야? 그게 이상해?"

"연재하는 작품이 백 개가 넘잖아. 그런데 만화가들을 어디서 구했지?"

"응?"

웹툰 업계에서 일해 본 적이 없는 서세영은 전혀 이해하지 못하는 일이었기에 전혀 이상함을 느끼지 못했지만, 노형진은 과거에 일하면서 웹소설 작가에게서 많은 이야기를 들었다.

그중에는 이번에 겪은 일과 관련된 이해할 수 없는 현상에 대한 이야기도 있었다.

"그 웹소설 작가가 엄청 잘나가서 성공한 작품이 있었거든."

"그런데?"

"그 사람도 자기 작품을 웹툰화하는 데 힘들다고 하더라고. 요즘 그림 작가들은 자기 작품을 그리려고 하지 남의 작품 웹툰화는 잘 안 하려고 한다고."

"그래? 난 잘 모르겠던데. 요즘 원작 있는 웹툰 엄청 많잖아."

"응. 하지만 원작 없는 웹툰은 그보다 훨씬 많지."

그런데 그게 이번 사건과는 너무나도 괴리가 있었다.

"아무래도 이번에는 당사자들한테 물어봐야겠는데?"

⚖

"네? 원작 있는 웹툰요?"

"네. 그거 안 하시나요? 요즘 그런 분들 많던데."

"그게······."

안중창은 약간 고민하다가 고개를 끄덕거렸다. 노형진은 변호사고, 변호사를 속여 봐야 불리해지는 건 자신이니까.

애초에 이게 큰 비밀도 아니고, 속일 만한 것도 아니긴 하다.

"자존심 문제라고 해야 하나?"

"자존심?"

"네. 그래도 자기 첫 작품이니까요. 그러니까 당연히 자기 작품을 하고 싶어 하죠. 성공하든 실패하든 말이에요."

"그런가요?"

"네, 첫걸음이니까요. 사실 원작 있는 작품을 웹툰으로 그리면 데뷔야 쉽죠. 요즘 그런 시도를 하는 작품이 엄청나게 많으니까."

"그런데요?"

"결국 아까 말씀드린 대로 자존심 문제죠."

그림 작가를 못 구해서 난리인 업계이지만 동시에 새롭게 나오는 그림 작가는 남의 작품보다는 자기 작품을 하고 싶어 한다는 거다.

"저도 마찬가지예요. 솔직히 성공한 웹소설을 웹툰화하면 돈 많이 번다는 거 누가 모르나요."

안다. 하지만 아직 작가로서의 자존심, 그리고 내 이야기로 데뷔를 하고 싶다는 열망이 그런 선택을 막는다.

"그리고 그런 작품들은 까딱 잘못하면 진짜로 모가지가 날아가거든요."

"무슨 말이죠? 모가지가 날아가다뇨?"

"그러니까, 제가 쓴 이야기는 비교 대상이 없잖아요."

그러니까 재미가 있든 없든 간에 결국 그 이야기 자체만으로 판단되고, 그래서 작가는 자신이 내용을 잡는 데 능력이 있는지 없는지도 판단할 수 있게 된단다.

능력이 있다고 판단되면 계속 자기 작품을 하는 거고, 능력이 없다고 판단되면 원작을 받아서 웹툰을 그리는 쪽으로 방향을 트는 거다.

"그런데 원작이 너무 성공해 버린 작품이면 진짜로 엄청 부담되거든요."

준수하게만 뽑아내면 적잖은 돈을 벌겠지만 말아먹으면 진짜 평생 먹을 욕을 다 처먹는다.

"그거 때문에 웹툰을 그만둔 선배들도 좀 있고요."

"아하!"

그나마 경험이라도 있으면 어떻게 해야 잘 뽑는지 알겠지만, 경험이 부족한 상황에서는 어떻게 해야 원작을 훼손하지 않으면서도 잘 뽑을 수 있는지 모르니 부담이 엄청날 수밖에 없다는 것.

"그래서 대부분 첫 작품으로 남의 작품은 하지 않으려고 하죠."

"그랬군요."

"궁금하셨나 봐요."

"전에 웹소설 작가를 한 분 만난 적이 있는데 그분이 그림 작가를 구하는 게 쉽지 않다고 해서요."

"뭐, 그거야 그런데……."

노형진의 말에 안중창은 고개를 끄덕거렸다.

"그런데 뭔가 이번 사건과 관련이 있다고 하지 않으셨나요?"

"네. 참영에서 여러분 작품을 연재하는 중이잖아요?"

"네."

"그러면 그건 개인 작품이 아니잖아요."

"그렇죠……."

"그런데 또 완성된 원작이 있는 것도 아니고."

"그렇죠."

"그러면 아이디어만으로 웹툰화를 할 그림 작가가 많나요?"

"그거야……."

안중창은 잠깐 고민하다가 눈을 찡그렸다.

"거의 없죠."

"역시나 그렇군요."

왜냐하면 이 작품들은 어느 쪽에도 해당되지 않기 때문이다.

처음부터 원작이 없는 자기 작품으로 취급해서 그렸다기에는 스토리와 라인을 받아서 그린 거니까 본인 작품이라 할 수 없다.

그럴 거라면 아예 처음부터 자기 작품을 하고 말지, 남의 작품을 할 이유가 없다.

그렇다면 남의 작품을 하는 거라고 보면?

그런 선택을 하는 이유는 비록 자기 작품은 아니어도 상업적으로는 이미 검증된 원작 스토리를 이용하기 위해서다.

그런데 공모전에 제출하기 위해 정리한 아이디어는 검증받은 스토리가 아니다. 내용이 참신한 건 사실이지만 독자들에게 검증받거나 홍보되지는 못했다.

그런 상황에서 과연 아이디어만으로 상업적인 홍보성을 취할 수 있을까?

"결국 이도 저도 아닌 거죠."

"그렇군요. 그러면 백 명이 넘는 그림 작가를 구하는 게 가능한가요?"

"글쎄요. 힘들다고 봐야죠."

안중창은 인정한다는 듯 말했다.

"아까도 말씀드렸다시피 그림 작가들은 기본적으로 데뷔

를 원하지만, 남의 작품을 기반으로 활동하려고 한다면 이미 존재하는 대형 회사들에 들어가는 게 어렵지는 않아서요."

참영이라는, 그리고 참그림이라는 새로 생긴, 생존 여부조차도 불투명한 회사에 굳이 가지는 않을 거라는 뜻이다.

"역시나 그렇군요. 그렇다면 그 작품들을 한다는 만화가와 만나거나 소문을 들으신 거 있습니까?"

"말 못 하죠. 이 일에 대한 소문이 이 바닥에 얼마나 퍼졌는데요."

당연하게도 만화가들 사이에서 이 소문은 파다하고, 그 결과 참영은 예상치 못하게 최대 기피 회사가 되어 버렸다.

물론 세상 물정 모르는 애들은 지원할지도 모르지만 최소한 현직 프로나 정보가 조금이라도 있는 애들은 믿고 거르는 회사가 되어 버린 거다.

"그런데 백 명도 넘는 만화가가 참영을 위해 일하면서 한 명도 걸리지 않는다는 게 가능할까요?"

"그거야……."

잠깐 고민하던 안중창은 눈을 묘하게 떴다.

"아예 불가능한 건 아닌데……."

아무래도 만화가라는 직업이 혼자서 묵묵히 작업하는 거다 보니까 작가끼리 만나서 수다를 떨 일은 별로 없고, 특히 요즘처럼 코델09바이러스가 도는 시기에는 더더욱 만날 일이 없기는 하다.

"그렇다고 연재를 계속한다는 것도 말이 안 되기는 하지만……."

누군가는 자존심이 상해서, 누군가는 양심에 찔려서 연재를 중단할 만도 한 일이다.

그런데 그런 사람이 한 명도 없이 백여든세 개 작품이 계속 연재된다는 건 이해하기 어려운 일이기는 하다.

"그리고 더 이상한 건 한 명도 재판정에 오지 않았다는 거죠."

물론 이쪽에서 아는 바가 없어서 소장에 참영 외 50인으로 소장을 제출하기는 했지만, 상식적으로 기업에 소장을 보냈음에도 불구하고 그 사실을 자사 작가들에게 전혀 전달하지 않은 건 말도 안 되는 일이다.

조금이라도 법적 지식이 있는 사람이라면 회사가 대리권이 없다는 걸 알 테니 작가들에게 연락해서 대리권을 받든 아니면 직접 출석하게 하든 할 테니까.

"아무래도 계획을 좀 바꿔야 할 것 같네요."

"계획을 바꾼다고요?"

"네."

노형진은 직감적으로 느껴지는 것이 있었다.

"원래는 연재 금지 가처분 신청 이후에 그들이 2차 창작을 못 하게끔 하고 나서 하려고 했던 건데……."

이 상황에서는 그 계획을 선행하는 게 우선이었다.

"그게 뭔데요?"

"뭐긴요. 민사소송이지."

노형진은 씩 웃으며 말했다.

"벌었으면 토해 내야지요."

형사적으로 참영의 행위를 저작권 위반이라고 볼 수 있는
지는 불확실하다.

하지만 민사적으로 소송을 거는 것은 불가능하지 않았다.

물론 그게 민사소송을 걸면 반드시 이길 수 있다는 뜻은
아니었다. 형사적으로 이게 저작권 위반인지 아닌지 명확한
판례가 없는 상황이기에 민사재판부가 먼저 이런 걸 판단하
는 것은 조심스럽기 때문이다.

하지만 노형진은 돈을 받기 위해 민사소송을 넣은 게 아니
었다.

정확하게는 백여든세 개의 작품 중 의뢰를 맡긴 쉰다섯 명
의 작품을 기준으로 그들이 아이디어를 도둑질했다고 주장
하는 작품에 대해서만 민사소송을 넣었다.

물론 민사소송을 그들에게 직접 넣을 수는 없었다. 왜냐하
면 그들에 대해 아는 바가 전혀 없기 때문이다.

그러나 방법이 없는 건 아니었다.

"사실 조회 신청을 과연 받아 줄까?"

서세영은 잔뜩 쌓여 있는 소장을 보면서 걱정스럽게 중얼

거렸다.

이런 소장은 하나하나가 다 돈이다. 변호사비를 받지 않는다 해도 소송을 위해서는 인지대를 내야 하니까.

그러니 적잖은 돈이 들어갔는데 실적이 없으면 골치 아플 수밖에 없다.

"글쎄. 그게 애매하기는 해."

사실 조회 신청이란 대상이 특정되지 못하거나 재판에 필요하다고 판단되는 자료가 있는 경우 자료를 가진 대상에게 그걸 제공해 달라고 요청하는 행위를 말한다.

사실 재판할 때 대상에 대해 모르는 경우는 생각보다 많다.

그런 경우 그 사람을 알게 된 곳이나 평소 연락하던 곳을 통해 사실 조회 신청을 해서 그 사람의 주소 또는 주민등록번호 등을 특정해야 한다.

그리고 그걸 보정해 재판이 진행된다.

노형진은 그걸 노리고 민사소송을 넣는 것과 동시에 참영에다가 사실 조회 신청을 넣은 것이다.

그렇게 함으로써 작가들을 특정하기 위해서 말이다.

"아무래도 남의 작품을 도둑질해서 연재하는 작가들이라면 자기 이름이 드러나는 것에 엄청 예민하기는 하겠다."

"그렇겠지."

만일 이게 소문나면 업계에서 매장당할 테니까.

"물론 그건 일이 잘 굴러갈 때의 이야기고."

"응? 그건 또 뭔 소리야?"

"일단 두고 봐. 내게 생각이 있어서 그래."

노형진은 씩 웃으며 말했다.

"일단 중요한 건 참영에서 과연 사실 조회 신청에 대해 응하느냐 마느냐야."

"오빠는 어떻게 생각해?"

"아마 안 줄 것 같은데."

"역시 그렇지?"

일반적으로 법원에서 재판에 필요하다고 생각되면 어렵지 않게 사실 조회 신청을 해 주는 편이다.

그리고 대상의 인적 사항 같은 건 당연하게도 재판에 필수 요소이기 때문에 진짜 터무니없는 소송이 아닌 이상에야 100% 사실 조회 신청서를 발급해 준다.

"문제는 사실 조회 신청에 대한 응답이 법에서 정한 의무는 아니라는 거잖아."

"맞아."

대부분의 경우 법원의 신청서를 받은 대상은 그에 맞는 개인 정보를 법원을 통해 제공한다.

하지만 종종 예민한 정보라든가 하는 이유로 사실 조회 신청을 거부하기도 한다. 의무가 아니니까.

실제로 그걸 거부한다고 해서 법원에서 불이익을 주거나 하지는 않는다.

물론 그걸 신청한 사람들 입장에서는 똥줄이 타지만 말이다.

"기다려 보면 알겠지."

하지만 노형진은 직감적으로 알 수 있었다. 주지 않을 거라는 걸 말이다.

⚖️

얼마 지나지 않아 답변서가 날아왔다. 그리고 그 답변서는 노형진의 예상에서 전혀 벗어나지 않았다.

"민감한 개인 정보라 제공을 거부한다라……."

"민감은 개뿔. 감추고 싶다 이거네."

서세영은 불만이 가득한 얼굴로 말했다.

"뭐, 틀린 말은 아니지."

개인 정보가 새어 나가서 소문나면 이 바닥에서는 매장당할 테니까.

"그런데 이 망할 법원 놈들은 우리보고 어쩌라는 거야?"

노형진이 보정 명령서를 보며 툴툴댔다.

참영에서 정부 제공을 거부한다는 답변서가 날아오자 법원에서는 아예 새론에 보정 명령을 같이 보내 버렸다.

보정 명령이란 소송하는 데 있어서 빠진 게 있으니 그걸 메꾸라는 거다.

그리고 이번 소송에서 빠진 건 다름 아닌 소송해야 하는 당사자의 정보였다.

즉, 새론에서 주소든 주민등록번호든 전화번호든 뭐든 내어 그걸 보정해야 하는 것이다.

"그러게. 우리보고 이걸 어쩌라고?"

서세영도 기가 막혀서 말이 나오지 않았다.

그도 그럴 게, 개인 정보를 쥐고 있는 건 참영과 박도상이다.

그런데 그놈들은 제공 못 하겠다고 배 째라를 시전하고 있다. 그리고 그건 불법이 아니다.

그런 상황에서 새론에서 보정 명령을 받아 봐야 할 수 있는 건 없다.

그리고 법률상 보정하지 못하면 재판은 기각되어 버린다.

"이거 뻘짓 같은데?"

서세영이 불안한 얼굴로 말했다. 그런데 함께 불만을 토로해야 할 노형진의 얼굴이 묘하게 밝았다.

"뻘짓이 아니야. 이번 일로 확신했어."

"뭘?"

"저작권자는 참영 아니면 박도상이야."

"뭐?"

그 말에 서세영은 깜짝 놀랐다.

"아니, 그 말이 사실이야? 그게 가능해?"

"불가능한 건 아니지. 저작권이라는 게 등록해야 효과를 발휘하는 건 아니잖아."

"그건 그렇지."

저작권은 그 자체로써 존재하는 권리다.

나중에 저작권이 필요한 시점이 오면 그걸 증명하는 서류를 제출하거나 증인을 내세우면 그만이다.

물론 저작권 등록 제도가 없는 건 아니지만 대부분의 저작권자들은 그걸 알지도 못하고, 알아도 딱히 쓰지 않는다.

굳이 그러지 않아도 나중에 저작권을 증명하는 게 어렵지 않기 때문이다.

"생각해 봐. 저놈들은 미래를 위해 아이디어를 빼앗아서 그걸 이용하려고 했어. 그런데 그 저작권을 다른 작가에게 주면 어떻게 되겠어?"

"어, 그러네. 내가 왜 그런 생각을 못 했지?"

당연히 주객이 전도되어 버린다.

정작 이야기를 확실하게 구성할 수 있는 원작자를 버려두고 전혀 아는 게 없는 제3자에게 권리를 넘겨주는 꼴이 되니까.

"그러니 자기들의 이익을 위해서라도 저작권을 회사나 박도상의 이름으로 하겠지."

즉, 그들이 저작권자의 이름을 알려 주지 않는 건 그들의 미래를 걱정해서가 아니라, 그걸 알려 주면 자신들이 사기를 쳤다는 가장 확실한 증거가 되기 때문이다.

"그게 확실한 증거가 된다고? 왜?"

"우리는 입상자들이 누군지 알잖아."

그리고 입상자들은 스스로 자기들이 입상해서 웹툰을 연재하고 있다고 했다.

회사는 직원에게 개인의 재능을 펼칠 기회를 준다고 했고.

"그런데 그게 회사 소유 저작권으로 넘어가 있다고 해 봐."

"아하!"

입상자라고 한 직원들이 뭐라고 하든 결국 그건 사기가 될 수밖에 없다. 결과적으로 그 권리는 모조리 박탈될 테고, 기업은 망할 거다.

"그러니까 못 알려 주는 거지."

안 알려 주는 게 아니라 못 알려 주는 거다.

"그러면 이걸 어쩌지? 특정할 수가 없잖아."

문제는 다시 한번 사실 조회를 요청한다고 해도 참영에서는 절대로 자료를 주지 않을 거라는 점이다.

"아, 이러면 이야기가 달라져."

"달라진다니?"

"이제는 증명이 아니라 부정이 중요해지거든, 후후후."

드디어 꼬리를 잡았다는 생각에 노형진의 입가에 슬며시 미소가 떠올랐다.

다음 권으로 이어집니다